SPRING 野

更具体地生长

All This Wild Hope

并肩又分离，
他们在永恒中重聚。

她人虽小，却被迫要伟大；
她身是奴隶，却必须掌权统治。

François Mauriac
1885—1970

François Mauriac

弗朗索瓦·莫里亚克精选集 1

Le Baiser au lépreux
给麻风病人的吻

GUANGXI NORMAL UNIVERSITY PRESS
广西师范大学出版社
·桂林·

[法国]弗朗索瓦·莫里亚克 著

蔡羽婷 译

图书在版编目（CIP）数据

给麻风病人的吻/（法）弗朗索瓦·莫里亚克著;
蔡羽婷译. -- 桂林：广西师范大学出版社，2025.1
（2025.2重印）. --（弗朗索瓦·莫里亚克精选集）.
ISBN 978-7-5598-7450-4

I. I565.45

中国国家版本馆CIP数据核字第2024GD7700号

GEI MAFENG BINGREN DE WEN
给麻风病人的吻

作　　者：（法）弗朗索瓦·莫里亚克
责任编辑：彭　琳
特约编辑：苏　骏　夏明浩
书籍设计：汐　和　at compus studio
内文制作：陆　靓

广西师范大学出版社出版发行

广西桂林市五里店路9号　邮政编码：541004
网址：www.bbtpress.com

出版人：黄轩庄
全国新华书店经销
发行热线：010-64284815
北京启航东方印刷有限公司印刷
开本：889mm×1260mm　1/64
印张：2.5　　　　　字数：63千
2025年1月第1版　　2025年2月第2次印刷
定价：36.00元

目录

一 -1

二 -17

三 -31

四 -42

五 -46

六 -49

七 -54

八 -59

九 -63

十 -70

十一 -82

十二 -90

十三 -99

十四 -105

十五 -114

十六 -122

终章 -130

献给路易·阿蒂斯[1]

他的仰慕者和友人，

弗朗索瓦·莫里亚克

---

1 路易·阿蒂斯（Louis Artus, 1870—1960），法国小说家、剧作家，虔信天主教。莫里亚克提到这位作家的次数不多，但记录了1921 年夏天在他位于卡堡的家中做客的事。——若非特殊说明，本书注释均为编者注

——

让·佩卢埃尔躺在床上，睁开了眼睛。屋外的蝉刺耳地叫着。阳光像一种液体金属，流过百叶窗的缝隙。让·佩卢埃尔嘴里发苦，坐起了身。他是如此瘦小，壁炉上方那面低矮的镜子照出他可怜的模样，凹陷的脸颊，长鼻子，尖尖的鼻头，红得像是被磨损了一般，好似被耐心的男孩们越嘬越细的拐杖糖。他的短发在他已经有了皱纹的额头上突出一个尖锐的角：他做了个鬼脸，露出坏牙的牙龈。他从未如此厌恶自己，但还是对自己说了些怜悯的话："出门吧，散散步，可怜的让·佩卢埃尔！"然后用一只手轻轻抚摸着胡子没刮干净的下巴。然而，怎样出门才能不惊动他的父亲呢？一点到四点之间，热罗姆·佩卢埃尔先生严格要求保持肃静：这段神圣的休息时间让他不至于因为整夜失眠而死掉。他的午睡让整个家都陷入麻痹：没有一扇门可以开或闭，没有一句话、一个喷嚏可以打扰这奇异的寂静，恳求加抱怨了十年，让和用人们，甚至过路的行人，都被他调教得习惯了在他的窗下压低声音。小推车也会绕路，避免经过他的门前。即便有这些同谋簇拥着他的沉眠，刚睡醒的热罗姆先生还是会责怪有盘子磕碰，有狗叫，有咳嗽。他是否相信，绝对的寂静能让他拥有无尽的安眠，一直汇入死亡，如同川流汇入大海？他总是睡得不好，三伏天里依然哆哆嗦嗦，拿着一本书坐在厨房的炉火旁；他的秃头映着火光；卡黛特忙于料理酱汁，对她的主人并不比对房梁上挂着的火腿更在意。他却相反，正观察着这名老农妇，惊讶于她虽然出生在路易-菲利普时代 [1]，经历了革命、战争和

1　指1830年到1848年，法国国王路易-菲利普一世（Louis-Philippe Ier，1773—1850）在位期间。1848年法国二月革命后，路易-菲利普逊位，拿破仑三世（Napoléon III，1808—1873）上台，法国再次走上积极扩张之路。

如此繁杂的历史,可除了她喂养的猪以外一无所知,不过,每年圣诞节时,猪的死亡却能濡湿她带着眼眵的双目。

虽然父亲在午睡,外面火炉般的酷热却吸引着让·佩卢埃尔;酷热,首先能保证他孤身一人:他可以沿着房屋狭长的阴影溜走,女孩们坐在门口缝纫,那里也不会发出一点笑声。他狼狈的逃跑总是引得女人们笑他;但是午后第二个小时,她们还在沉睡,因被虫蝇纠缠而流汗、哀叹。他打开门,门上了油,没有发出嘎吱声,他穿过门廊,橱柜里散发出果酱味和霉味,厨房里散发着油脂的臭气。他脚上穿的绳底帆布鞋似乎助添了寂静。他从一个野猪头下面取下他的 24 毫米口径猎枪,乡里的所有喜鹊都认识它:让·佩卢埃尔是喜鹊们的死敌。一代又一代人在杆筒里留下各式各样的杆子:叔祖父乌西拉纳的枪杆、祖父拉佩尼纳的钓竿和剑杖,它们包铁皮的一端让人回想起在巴涅尔-德比戈尔的度假胜地。碗橱上摆着一只鹭鸶标本作为装饰。

让出门了。酷热就像池子里的水，向他敞开又在他身后聚拢。到了该去那里的时候了，小溪穿过村庄之前在那片桤木林里汇聚了它冰凉的呼吸、源泉的气息。但是前一晚，那里有不少蚊子一直纠缠他；况且他也想与活人说说话。于是，他走向皮厄雄医生的住宅，医生的儿子罗贝尔是一名医学生，这天早上刚刚放假回来。

一切了无生机，似乎没有任何东西活着；但是透过半闭的百叶窗，阳光时不时照亮一个老妇人架在额头上的夹鼻眼镜。让·佩卢埃尔走在花园里两堵没有孔洞的墙之间。这条路对他而言珍贵无比，因为这里不会有任何藏在暗处的眼睛，他可以尽情地沉思。在家里沉思的时候，不免会皱眉头、做手势、发出笑声、朗诵诗句——镇上的人会笑话这一出哑剧。但在这里，宽容的树木笼罩着他独自一人的会谈。啊！可是他却更加向往大城市里纵横交错的道路，在那里人们尽可以自言自语，也不会有路人回头看！至少达尼埃尔·特拉西在信里是这么跟让·佩卢埃尔保证的。

他的这位同学，不顾家人的劝阻，已经在巴黎"投身文学"了。让想象着他的样子，身体蜷缩，一跃而入巴黎嘈杂的人群中，像跳水运动员一样扎进去；也许此刻他正畅游其中，冲着明确的目标喘着粗气前进：财富、荣耀、爱情，所有你让·佩卢埃尔无缘品尝的禁果！

他轻手轻脚地进了医生家里。女佣告诉他，先生们已经在城里吃过中饭了；让决定等一等皮厄雄少爷，他的房间正对着门廊。这房间和它的主人太像了，甚至人们看到房间之后，就不想认识它的主人了：墙上是放烟斗的架子和大学生舞会的海报；桌上是一个死人头骨，被一只短柄烟斗狠狠羞辱过；一些为了假期消遣买的书——《阿佛洛狄忒》《拉丁的狂欢》《酷刑花园》《女仆日记》[1]。一本《尼采选集》吸引了让的注意：他拿

1　前面两部小说的作者分别是皮埃尔·路易（Pierre Louÿs，1870—1925）和费利西安·尚索尔（Félicien Champsaur，1858—1934），后两部的作者是奥克塔夫·米尔博（Octave Mirbeau，1848—1917）。

起来翻了翻。敞开的行李箱正散发出大学生夏装的味道。让·佩卢埃尔读到了这段话："什么是好的？——一切能让人感受到权力、权力意志和权力本身的东西。什么是坏的？——一切根植于软弱的东西。愿弱者和无为者都消亡：愿我们能加速其消亡！有什么比任何恶行都更有害？——为了失败者和弱者而行动的怜悯之心：基督教。"[1]

让·佩卢埃尔放下了书；这些句子进入他的心中，就像人们推开百叶窗之后，午后的灼日照进房间那般。出于本能，他来到窗前，将百叶窗推开，让同学的房间沐浴在天火之中，然后他又读了一遍这段残忍的文字。他闭上眼睛，再次睁开，凝视着镜子里自己的脸：唉！他这可怜的模样，贼眉鼠眼的朗德[2]人，别人在学校里管他叫"朗德仔"，青春期在这悲伤的身体上没能完成它往常的奇迹，献给斯巴达圣井的可怜祭品[3]！他仿佛看

---

1 出自尼采《敌基督者》。

2 朗德（Landes）是法国的一个省，位于其西南部。

3 传说斯巴达人会将体质虚弱的孩子作为祭品投入塔伊耶托斯山脚下的圣井。

见了五岁时在修道院学校里的自己：虽然佩卢埃尔家族社会地位很高，可第一名和奖励还是会给那些头发卷卷的漂亮小孩。他想起那次朗读测验，明明他读得比其他人都要好，却还是排在了最后。让·佩卢埃尔有时也想知道，他那患肺结核去世的母亲，根本没有一丝印象的母亲，会不会爱他呢。他父亲爱他，像是疼爱自己痛苦的写照，仿佛是他细弱的影子落在世间，要么被他趿拉着拖鞋踩过，要么躺在弥漫着缬草和乙醚香气的凹室深处。热罗姆先生的姐姐，也就是让的姑妈，本该恨透了这个男孩——幸而，她的儿子费尔南·卡泽纳夫是个大人物，省议会主席，他们一起住在 B 地 [1]，她对他抱有一种狂热的信仰……这种崇拜完全占据了她的精力，仿佛其他人都消失了一样。她看不见别人。可有时她的一个微笑、只言片语，就把让·佩卢埃尔从虚无中拎了出来，因为在她

---

1 更有可能是巴扎斯（Bazas），而非波尔多（Bordeaux）。在《母亲大人》（*Génitrix*）中，莫里亚克让这两个人物生活在位于朗贡的"凶宅"里。

的算计里，这个有着多病父亲的儿子，这个注定
要打光棍、英年早逝的可怜人，会把佩卢埃尔家
族的财富都集中起来，而费尔南·卡泽纳夫将从
中受益。让只用一眼就丈量了他生命的荒漠。他
的三年中学时光，都在谨慎藏起的友谊中度过了：
无论是这个达尼埃尔·特拉西，还是修道院院长
兼修辞学老师，都不能理解他迷途之犬的眼神。

让·佩卢埃尔把尼采的书翻到另一页；他狼
吞虎咽地读完了《善恶的彼岸》里第二百六十条
箴言——关于两种道德：主人的道德和奴隶的道
德。他凝视着自己被太阳灼烧的脸，面色依旧蜡
黄，嘴里重复着尼采的文字，任由那些词语的含
义渗透自己，他听见它们在自己体内轰隆作响，
像一阵十月的狂风。有一个瞬间，他自以为在脚
边看见了他的信仰，如同一棵橡树被连根拔起。
他的信仰不就在这里吗，横陈着，在这炎炎夏日
里？不，不：橡树成千上万的根仍捆缚着他；这
阵狂风过后，让·佩卢埃尔找回了心灵之中可爱

的阴影，又见到了重归宁静的荫翳之下的秘密。然而，他突然意识到，宗教对他而言是一座避难所。它给丑陋的孤儿开启了抚慰的夜晚。祭坛上的人充当了他不曾有过的朋友，而作为骨肉，本该献给母亲的虔诚，也由圣母承袭了。所有闷在他心里的秘密，都倾注在忏悔室里，或是流入暮色中无声的祷告——那时，幽暗的教堂中殿收集着世间仅存的清凉。而他的心壶被那些无形的脚踏破。如果让·佩卢埃尔有达尼埃尔·特拉西的鬈发和那张从小就被女人们不停抚摸的脸庞，他还会跟女佣和老姑娘们混在一起吗？他正是尼采谴责的奴隶之一；他看见了自己卑贱的样子；逃无可逃的判决烙在他的脸上；他的全部存在之所以建立，就是为了有朝一日的溃败——就和他父亲一样，况且，像他父亲，也是虔诚的信徒，但比让好一点的是，父亲受过神学方面的教育，最近还在耐心地阅读圣奥古斯丁和圣托马斯·阿奎那。让丝毫不关心所谓的教理，他宣扬一种情感自然流露的宗教，因此他很惊讶，在热罗姆先生的宗教里，理性竟然占第一位。无论如何，他记起父亲常说的一句话："没有信仰，我会变成什么样？"不过，这种信仰还不需要父亲冒着感冒的风险去做弥撒。每到盛大节日，热罗姆先生就被安顿在闷热的圣器室里，身上裹得严实又暖和，跟着一起参加仪式。

让·佩卢埃尔出门了。又一次，在没有孔洞的墙之间，在树木无声的宠爱之下，他走着，比画着手势；有时他会伴装自己摆脱了信念的重负：生命所依托的浮木一下子消失了。什么都没了！他品味着这样一种贫乏；校园时代的模糊记忆涌上他的唇边："……我的不幸远远超过我的希望。是的，噢，上天，我赞美你的坚韧……"[1]他走得更远了，向树木、石子堆和墙壁讲解：基督徒中存在着"主人"，而圣人、修道会和整个普世教会都为我们树立了权力意志的典范。

---

1 出自拉辛的剧作《安德洛玛刻》（Andromaque）第 5 幕第 5 场。

这么多思绪在他的脑海中翻涌，直到听见门廊里响起自己的脚步声，他才回过神来——脚步声引起了二楼的一声呻吟；一个哀伤而惺忪的声音在呼唤卡黛特；而后，厨房里传来女佣的拖鞋拖地行走的声音；狗叫了；百叶窗被推了上去：随着热罗姆先生醒来，整个屋子也复苏了。

这时他往往双眼浮肿，嘴里发苦，而他对世界的想象也在此时最为晦暗。让·佩卢埃尔躲进了如洞穴一般凉爽的"玩伴之厅"。发霉的墙纸上露出了硝石。一座摆钟切割着时间，却没有一只耳朵能听见。他深陷进一把软垫扶手椅里，注视着他的信仰在他体内某处受苦，被恐慌渗透。一只苍蝇嗡嗡叫着，落了下来。一只公鸡随后开始打鸣——接着是一阵鸟雀的啁啾——又是一声鸡鸣……摆钟敲响了半点——一声鸡鸣……许多声鸡鸣……他一直在沉睡，直到甜蜜的时刻来临，他习惯了在这时穿过迂回的小巷，来到教堂最小的门前，溜进馥郁的黑暗里。他以后再也不会来赴约了吗？——地鼠一般的让·佩卢埃尔唯一拥有过的约会？他没去那里，反而来到了花园中，斜阳让他不禁说了一句："炎热就快消退了。"白色的蝴蝶四下翻飞。卡黛特的孙子正在给生菜浇水——一个光脚穿木鞋的帅小伙，他很招女孩们喜欢，让·佩卢埃尔为自己是他的主人而感到羞愧，总是躲着他：难道不该让他这个瘦弱的人，来伺候这荣耀而青春的菜园之神吗？哪怕离得远远的，他也不敢对他微笑；和农民们在一起时，他简直害羞到了动弹不得的地步。很多次，他都想去教养院和学习小组给本堂神父帮忙，却总是被羞耻感压垮，觉得自己愚蠢，只配被人耻笑，最终还是回到了他的暗夜之中。

与此同时，热罗姆先生一路沿着两旁种有修成纺锤形的梨树、天芥菜、木樨草和天竺葵的小径走着，人们闻不到它们的气味，因为天地之间满是椴树的庞然花簇倾吐的气息。热罗姆先生拖着步子。他的裤脚始终别在他的脚踝和拖鞋之间。他的草帽已经变了形，边缘是一圈波纹丝绸。他的肩上披了一条他姐姐之前落下的针织坎肩。让发现父亲手里拿着一本蒙田。大概是《蒙田随笔》吧，如同他的宗教一般，这本书是不是也给他提供了不少诡计，以智慧之名粉饰他弃绝一切争斗的事实？是的，是这样的，让·佩卢埃尔嘴里重复着，这个可怜人时而把他人生的巨大失败称为斯多葛主义，时而又称为基督教式的认命，啊！如此一来，让觉得清楚多了！他爱戴而又埋怨他的父亲，就像此时此刻，他多么鄙视他啊！病人抱怨着颈背的疼痛、呼吸困难、想要把……一个佃农闯了进来，迪贝尔内·杜尔蒂纳坚持要替他刚嫁人的女儿要一个放衣橱的新房间！哪里才能安静地受苦呢？哪里才能平静地死去呢？更过分的是，第二天是周四，是广场集市的日子，也是入侵之日：他的姐姐费利茜泰·卡泽纳夫，还有他的外甥，会来这里发号施令；从这倒霉的清晨开始，集市上的牲畜就会把病人吵醒；卡泽纳夫的汽车，在门口轰鸣不已，宣告每周一次的灾难过境。费利茜泰姑妈会闯进厨房，用她儿子的食谱推翻她弟弟的食谱。到了晚上，等这母子俩离开后，便留下含泪的卡黛特和她几乎窒息的主人。

热罗姆先生在敌人面前既卑微又脆弱，心中却暗暗滋生着怨恨。他常说要给卡泽纳夫家"一点颜色瞧瞧"，可是这天，让·佩卢埃尔根本没在意父亲跟他说了什么："我们完全可以捉弄他们一下，让，只要你稍微用点心……你想不想这么做？"让的心思远在千里之外，他笑了笑。这时，他的父亲一边打量他，一边对他说道："你这个年纪应该更爱打扮一点；你看你'捯饬'得什么样，可怜的小家伙！"尽管热罗姆先生从未表现出在意他的穿着，让·佩卢埃尔也没有提出任何疑问；他根本没预感到，有什么东西正酝酿着命运的转折；他拿起之前父亲手上拿着的蒙田，读到了这一句："对我来说，我愿有一个平滑、灰暗而沉默的人生……"[1] 啊！没错，他们的人生确实如他们

1　出自《蒙田随笔》第 3 卷第 10 章。

所愿，平滑、灰暗而沉默！佩卢埃尔家的两个人，望着一阵微风吹皱了蓄水池中的水，蝌蚪们搅扰着水面，围着一只死鼹鼠。热罗姆先生感觉到了露水，便朝屋子往回走。让在花园深处无所事事，将头伸进正对着小巷的一扇暗门的门缝里。卡黛特的孙子本来正紧紧抱着一个女孩，一见到让，便立马放开了她，仿佛松手掉下了一个水果。

二

让·佩卢埃尔几乎一夜没睡。他的窗户朝牛奶般柔滑的夜色敞开着——夜晚比白天还要吵闹，水塘里蛙鸣阵阵。还有那些公鸡一直叫个不停，直到清晨才停下，它们整夜里为了黯淡而令人迷惑的星光欢呼，总算是疲倦了。镇上的鸡警醒农庄里的鸡，农庄里的鸡再由远及近地回应："这是一千名哨兵接力传递的一声呐喊……"[1]让一直醒着，久久呢喃着这一句诗，哄自己入睡。窗户决绝地割下一片被星辰吞没的深蓝色天空。让光脚站了起来，看着这些星星，叫出它们的名字，心中依然不安地萦绕着昨晚的疑问：他所依赖的，

1　波德莱尔的诗歌《灯塔》(«Les Phares»）第 37 行。

究竟是一种形而上学，还是一套给人巧妙安慰的系统呢？也许在"主人"当中，宗教信徒们还是占据优势的。可夏多布里昂[1]是否犹豫过要用他永生的希望换一个爱抚呢？为了求得一吻，巴尔贝·多勒维利[2]不拘多少次都会背叛人之子[3]吗？他们不正是一边对他们的上帝不忠，一边才取得成功的吗？

一大早，猪恩撕心裂肺的哀嚎就吵醒了让。每个周四他都避免打开百叶窗，以防被集市上的人看见。服饰用品商里代夫人走在人行道上，离窗户不远，她拦住诺埃米·达蒂亚伊，问她吃过饭了没有。让·佩卢埃尔贪婪地盯着这个十七

1　夏多布里昂（François-René de Chateaubriand，1768—1848），法国作家、政治家。在政治上，他采取保守路线，敌视革命与启蒙运动的支持者，维护天主教和君主制；在文学上，他是法国浪漫主义文学的先驱。

2　巴尔贝·多勒维利（Barbey d'Aurevilly，1808—1889），法国作家，被誉为19世纪下半叶"文学界的领军人物"。在宗教上，他笃信天主教，是专制主义的坚定捍卫者；在文学上，他致力于探索罪恶问题，描绘不寻常的、越轨的生活；在私生活中，他是花花公子，并试图将这种生活态度理论化。

3　人之子（Fils de l'Homme），指耶稣基督。

岁的女孩。一头褐色鬈发让她如同西班牙天使，和她矮胖的身材很不相配；但让喜爱的，正是她年轻、健壮而笨重的身体与天使般的面容之间的反差，连贵妇们都说，诺埃米·达蒂亚伊的脸庞美得像幅画。她是拉斐尔笔下矮胖的圣母，激起让心中最好的一面和最坏的一面，煽动了崇高的思想和低级的趣味。她的脖子，她甜美的胸脯，闪耀着点点汗水。那飘忽的睫毛，给她长长的、暗沉的眼皮更添了几分贞洁：她的脸庞依然沉浸在童年时代里，孩子气的双唇纯洁无瑕——而突然之间，又有一双男孩子般强壮的手掌，还有系带一直绑到脚后跟上面的腿肚子，或者该称为脚踝！让·佩卢埃尔偷偷地注视着这个天使；而卡黛特的孙子呢，他却能直视她：漂亮的男孩，哪怕出身平民，都有权直视所有的姑娘。做大弥撒那天，她穿过教堂中殿的时候，刚好拂过了让·佩卢埃尔的座椅，当时，他要是有勇气闻一闻她的细布裙扰动的空气、她身上的皂香以及干净衣物的气味就好了。让·佩卢埃尔叹了口气，穿上他的衬衣，昨天穿的是这件，前天也是。他的身体不值得打理；他只用一个小水壶，能放进一个很小的脸盆里，这样五斗柜的柜门合上时就不会压破它了。在花园里的椴树下，让并没有念诵祷文，而是在看报纸，用报纸一遮，卡黛特的孙子就看不见自己的脸了。他在吹口哨啊，这个小坏蛋！他耳后别着一朵红色的康乃馨，他是那么耀眼且充满光泽，像一只年轻气盛的公鸡。一条腰带勒在腰间，系着他靛蓝色的裤子。让·佩卢埃尔卑鄙地憎恨着他，又因憎恨而自觉可恶。想到这个男孩会变成难看的农民，并没有让他好受一些，因为总会有另一个和他一样强壮、一样健美的男孩来浇灌生菜——同理，也总会有与今早相似的白蝴蝶继续翻飞。"噢，我的灵魂，"让·佩卢埃尔自言自语，"在这个夏日的早晨，我的灵魂比我的脸还要丑陋！"

他听见家里传来本堂神父那笛子一般的声音。现在不是神父日常来探访的时间，这个点来是想

密谋些什么东西？特别是在今天，他居然敢冒着
撞上费尔南·卡泽纳夫的风险来这里，毕竟，后
者但凡看到一个教会人士就会大发雷霆。让·佩
卢埃尔藏在椴树后面，看着费尔南小跑经过，每
次开饭前五分钟他总会如此。他母亲跟在他身后，
喘着粗气。庞大的身躯，浑圆的上身，老年朱诺[1]
一般的脑袋嵌在她的胸脯之上——这台巨型机器
已经出故障了，几近报废，还遵循着她深爱的儿
子的指令，仿佛他只要按一个按钮，就能启动这
个机械装置。议员先生倒也乐意停下来等她一会
儿；他拿手帕擦了擦汗津津的额头和平顶帽的皮
内衬。他像是皱着眉头的神祇，在羊驼毛衣下汗
流不止。夹鼻眼镜后是他金属般的眼睛，眼里没
有映出世间的任何事物。他母亲为他开路，像折
断树枝一样折断那些生命。据传，她有天曾这样
说："如果费尔南结了婚，那我儿媳就等死吧。"
没有哪一个儿媳敢冒这个险，哪有年轻女孩会

---

1 朱诺（Junon）是罗马神话里的天后。

愿意伺候这样一个很有地位、五十多岁，却还习惯于别人像照顾新生儿一样照顾他的人呢？三钟[1]的声音在酷热中止息了。让·佩卢埃尔听见议员先生嘟哝了一句："这该死的钟声。"

　　直到他姑妈和掖好餐巾的费尔南都坐定了，他才悄悄溜上桌。热罗姆先生来迟了，他坐了下来，驼着背，战战兢兢的，但眼神很机灵，他大着胆子坦白说，是神父耽搁了他一会儿。佩卢埃尔家的人缩着脖子，等着一场风暴，直到上羊腿的时候风暴才爆发。第一份给费尔南·卡泽纳夫上了，他的叉子停在半空中，质问他母亲。费利西泰闻了闻那块肉，把它翻了过来，说了一句："熟过头了！"母子俩把他们的盘子一齐推开了。卡黛特被传唤到场，她的眼神像被人追赶的家禽，用颤抖的方言为她做的羊腿辩解——只是一番无用的吵闹而已，到头来，议员先生还是用这块熟

1　教堂每日上午 6 时、午时、下午 6 时鸣钟，提醒信众诵念三钟经（angélus）。

过头的肉填饱了他的辘辘饥肠。吃也吃饱了，他为自己没有一来就去问候他的佩卢埃尔舅舅而道歉；但是他看见门廊里有一顶教会人士的帽子：佩卢埃尔家的人都知道，神父会让他产生生理性的恶心。热罗姆先生连眼皮都没抬一下，语调一成不变，开口道："神父先生来是为了跟我谈谈你的事，让。他想帮你主婚，你知道吗？"费尔南冷笑一声说，神父肯定不是认真的。"为什么？让也快二十三岁了。"这时，费尔南·卡泽纳夫爆发了：这个穿教袍的想干什么？他有什么权利插手别人家的事？他完全失去了分寸，竟然小声问让是不是"能结婚"。他妈妈给他递了一个眼色，让这个没教养的家伙收敛了一点。"让要是能结婚的话可太好了，"她说，"这个家里缺一个管事的女人。啊！年轻姑娘的性情可能会有些怪，热罗姆的食谱说不定会受影响。"费尔南冷静了下来，表示同意：让当然可以组建一个家庭。但是那样他不会不开心吗？这孩子已经有自己的习惯、怪癖，像个老小孩一样。费利茜泰姑妈暗示道，必要的时候，她弟弟最好不要和年轻夫妻住在一起。显然，这件事对他来说会很困难。她提起让·佩卢埃尔之前要去上学又没去成的事，位置安排好了，行李准备好了，车到门口了，他父亲却在最后一秒把他留下了。

让开始担心起来，但他坚信，这整个说亲的故事不过是热罗姆先生暗中编造的。他陷入思绪之中，事实上，他还记得十月二日前后的那些夜晚，那辆本该载他穿过巴扎代、一直驶向那所教会学校的四轮马车在雨里等着，朗德地区的孩子都在那所学校里一边学单词，一边幻想着去打猎。还有一张印花纸的碎片粘在他的行李箱上，箱子曾经是他叔祖父的。当时，热罗姆先生啜泣着，假装发病了，他在分离的焦虑之时总是如此懦弱！或许就是从那时候开始，可怜的老人要求安静，而这种安静又需要被让微小而苦痛的生命在他身边稍稍打扰！由此一来，让·佩卢埃尔一直跟着神父念书，直到十五岁，后来也只是为了参加中学毕业会考才去了中学。突然异想天开要给他说亲是怎么回事？让想起来，昨天父亲在花园里说了些奇怪的话……可他心中又为何如此不安？他嘴里重复着，让·佩卢埃尔这样的人不是"能结婚"的……为了这种玩笑，卡泽纳夫家小题大做也是疯了。他们现在坚持要知道，被挑中的那个女孩叫什么名字；然而，午休时间到了，热罗姆先生不用回答任何问题了。他们母子俩不顾炎热在花园里踱来踱去，让也很焦急，在回廊上看着二人交头接耳。

病人听到车发动的声音，说明他们离开了，他醒了过来。让一听到父亲的拖鞋在地上拖动，便立刻走进父亲满是药味的房间。在这个充满药味的房间里，他得知，他们想给他找一个女人不是在开玩笑，这个女人就是诺埃米·达蒂亚伊。活动穿衣镜里映出他的身体，比大火后荒原上的杂草还要干瘪。他嘟囔着说："她不会愿意要我的。"——听到父亲那令人难以置信的回答，他颤抖了。"已经探过她的口风了，没有表现出一丝不情愿……"达蒂亚伊家正美着呢，他们难以相信会有这等好事。然而让摇了摇头，伸出手，仿佛要挡开某种幻象。一个年轻女孩在他的怀里，还心甘情愿？做大弥撒时的诺埃米，他永远无法直视的，双眼如黑色花朵的诺埃米？让·佩卢埃尔用肉体去接触她神秘的身躯穿过教堂中殿时搅动的空气，仿佛那是他此生唯一的吻。这时，他父亲还在给他讲自己的想法，也就是神父的想法：佩卢埃尔家必须站稳脚跟，家里的任何东西都不能有落到费利茜泰或者费尔南·卡泽纳夫手里的风险。热罗姆先生补充说："你是知道的，凡是神父想要的，他都认定了的。"让苦笑了一下，做了个鬼脸；他的嘴角抽搐了一下，说："她一定会讨厌我。"父亲没想反驳他；毕竟他自己也从来没有被爱过，因此不觉得儿子会有此殊荣。但他还是得意扬扬地谈起诺埃米的种种美德，神父先生在所有人里选中了她，因为她是教区的榜样。她属于那种不在婚姻中寻求任何肉体欢愉的人；恪守本分的女人，顺从上帝和丈夫，她会成为我们今时今日还能见到的那种母亲，不管怀过多少个孩子，都无法玷污她们纯朴的无知。热罗姆先生轻咳几声，态度软和了一些："知道你结了婚，不受卡泽纳夫家威胁，我就可以放心地去了……"神父想速战速决：从明天起，让就可以见诺埃米了；午饭过后，她会在神父家里等他，达蒂亚伊夫人会找个借口让他们俩独处。热罗姆先生话说得很急，气的是这些讨论没法避免，还要说服让不再反对，他的手指不住地颤抖。让惶惶不安，不知说什么好。害怕成这个样子多丢脸啊！难道不是终于到了脱离奴隶团体，成为主人的时刻了吗？他被给予这独一无二的时刻，以砸碎自己的锁链，成为一个人。父亲催他给个答复，他含含糊糊地表示同意。不久之后，回想起缔结命运的那一刻，他承认，其实是那十几页误读了的尼采帮他做的决定。他逃走了，留下目瞪口呆的热罗姆先生。没想到胜利来得这么容易，他等不及要把这个结果告诉神父了。

等到该下楼的时候，让·佩卢埃尔已经适应

了这个奇迹，感觉自己难以觉察地变得不那么纯洁了。他还是个处子，如今却被告知，他也许无法一直纯洁下去。他鼓起勇气在心中唤起一幅幻景，他放肆地盯着那双幽深的眼睛。啊！这就足以让他沦陷了！让·佩卢埃尔想要洗个澡。和吉伦特地区许多家庭里的浴缸一样，佩卢埃尔家的浴缸里装满了土豆，还得让卡黛特把它腾出来。

　　吃过晚餐后，让·佩卢埃尔穿过了村子。他小心翼翼，避免做任何动作，也不自言自语。他姿态僵硬，略显正式，向各家门口的人致意，可他一靠近，人们就沉默下来，像是水塘里的青蛙；并没有一点笑声。终于，最后的几幢房屋也被他甩在了身后，在依旧苍白的路上，两排黝黑的松树之间，一阵炙烤的热气拂过他身旁，这种热气被成千上万满溢着松脂的松果熏香了，好似这座森林大教堂里的一个个香炉。他可以笑了，可以摇晃肩膀，可以捏响手指关节，可以大叫了："我是主人，主人，主人！"他抑扬顿挫地重复着这

两副对句："借助怎样隐秘的动力 / 又是怎样的环
环相系 / 是否天意为之 / 促成这件大事？"[1]

1　出自拉辛的剧作《以斯帖》（*Esther*）第 1 幕第 1 场。

三

让·佩卢埃尔唯恐谈话会突然中止：因为害
怕沉默，神父和达蒂亚伊夫人东拉西扯，随后又
疯狂驱散这些话题；他们很快就要无话可聊了。
诺埃米的裙摆像一朵庞然盛放、涌出花瓶之外的
玉兰花，溢出了她的座椅。在这间简陋的会客室
里，每面墙上、壁炉上，上帝随处可见；诺埃米
却以少女的气息浸没了一切，宛如七月那般馥郁
狂放——她就像那些太过醉人的花朵，谨慎的人
知道，夜间不能把它们放在卧房里。让没有扭头，
只是转着眼睛；他认真打量着这个走下高台的诺
埃米，如此近距离地观察她，仿佛是透过一面放
大镜。他兴致勃勃地找着瑕疵，找着这块活生生
的、瑟瑟发抖的金属上的"裂纹"：她鼻翼上有一

些黑头；从碘酒留下的陈年印记可以看出，她胸口的皮肤应该被烫伤过。神父说了句话，她略微笑了笑，恰好露出一排洁白的牙齿的藩篱，让·佩卢埃尔发现了一颗灰暗的犬齿——有点可疑。他的细致检查让她无法抬起那双大大的、幽深的眼睛看他；也许，他之所以看着诺埃米，正是为了不被她看。谢天谢地！神父很会自说自话，还能断断续续一直说教下去。尽管身材矮小、圆润，神父整个人身上没有一丝快活可言。虽然看起来身宽体胖，他本质上的严苛、朴素还是由内而外地散发出来。很少有佃农理解他，但他广受镇上居民的喜爱，许多人受其指引，在精神生活上有了不小的进步。确实是温柔的人承受了地土。[1]他温柔且庄重，但他坚忍的意志永远不屈不挠。他能让最漂亮的姑娘放弃参加星期日舞会，他和善地驳斥男孩们贪恋情爱的企图；鲜有人知道，他

---

1 化用了《马太福音》第5章第5节："温柔的人有福了，因为他们必承受地土。"如无特殊说明，本书宗教专名及引文均据和合本。

曾经让那个女邮局局长在通奸的边缘悬崖勒马。此刻，他心里认定了让·佩卢埃尔保持单身不是件好事；对他这个神父而言，更重要的是，不能让佩卢埃尔家族有一天变成了卡泽纳夫家族；不能让狼混进羊群之中。

让从未意识到，女人呼吸得这么深：吸气的时候，诺埃米的胸脯几乎碰到了她的下巴。神父不想再装样子了，他起身说，孩子们可能想说说体己话；他邀请达蒂亚伊夫人去花园里看看青梅的嫩果子。

此时此刻，这个昏暗的房间里，仿佛在做昆虫实验一般，只剩下惴惴不安的黑色雄虫，面对着美丽的雌虫。让·佩卢埃尔一动不动，眼皮抬也不抬：没用的；他成了凝视着自己的目光的囚徒。纯洁的她，打量着这只即将成为她命运的虫子。英俊的少年，面孔变换交织，每个少女梦寐以求的爱侣——在那些无眠的夜晚，萦绕不去的是他硬挺的胸膛、双臂搂抱如紧束的皮带——而

"他"在神父住宅的这片暮色中消散了，溶解了，直至成为这间会客室最阴暗的角落里那只心乱如麻的蟋蟀。她凝视着自己的命运，自知无处可逃：没有人会拒绝佩卢埃尔家的儿子。诺埃米的父母，就算是害怕这个年轻人逃跑而惶惶不可终日，都无法想象自己的女儿会有丝毫反对的可能；她自己也不曾这样想过。一刻钟的工夫，生命即将给予她的一切都在这里了，他咬着自己的指甲，在椅子上扭来扭去。他站起身，比他坐着的时候看起来还要瘦小；他开口了，支支吾吾地说了一句话，她没听见，于是他又重复了一遍："我知道我配不上……"她表示反对："噢！先生！……"他任由自卑感狂然发作起来，坦言不会有人爱他，只求她允许自己爱她。种种词语涌到他嘴边，话语自动组织成形。他等了二十三年，才得以向一个女人剖析自己的心。他用手来来回回地比画着，仿佛独自一人，描绘着自己美丽的灵魂，而事实上，他的确是独自一人。

诺埃米看着门，并不感到惊讶；她经常听人

说起让·佩卢埃尔："这家伙，脑子不太正常。"
他嘴里说着话，门依然紧闭；除了这个家伙和他
的动作，本堂神父家里没有一丝生命的迹象。诺
埃米觉得很不安；一种想哭的欲望让她喘不上气。
让终于住口了，她很害怕，就像置身于一间明知
进了蝙蝠，蝙蝠却躲藏起来的房间。神父和达蒂
亚伊夫人回来了，诺埃米冲上去搂住妈妈的脖子，
却不曾意识到，这种情感流露的方式在旁人眼里
意味着赞同。但神父已经在和让贴脸相庆了。两
位女士先行离开，以防引起邻居们的好奇心。透
过百叶窗的缝隙，让·佩卢埃尔看见了吗——纤
瘦的达蒂亚伊夫人身旁，诺埃米的裙摆像狗尾巴
一样甩来甩去，这条有点起皱、再也不会盛开的
裙子，这弯曲的颈背，好似鲜妍不复的花朵，已
然被人折下？

这个野孩子习惯了逃离人群，但求不被人看
见，许多天来，围绕着他的流言蜚语让他惊诧不
已，又不知所措。命运将他拽出他身处的黑暗；

尼采的话像一句咒语，推倒了他牢房的围墙；他缩起脖子，觑着眼睛，好似一只夜间活动的鸟儿被送进日光里。他周围的人也慢慢改变了：热罗姆先生打破了他的习惯，在午休时间一路缠着神父，直到神父回到圣器室；每周四，卡泽纳夫家也不来了，他们似乎只通过各种关于让·佩卢埃尔的无耻谣言隐约现身，关于让的脾气和他这个人，所谓不宜结婚的某些特殊情况。

让·佩卢埃尔在极度自卑中感到难以置信，自己竟然会成为达蒂亚伊家被人羡慕的缘由。到处都有人说，诺埃米确实值得拥有她的幸福。这个古老的家族摇摇欲坠。勤劳的达蒂亚伊先生尝试过很多行当，但都损失惨重，现在强撑面子在镇政府里找了一份工作；众所周知，复活节的时候，达蒂亚伊家不得不解雇了家里包干所有活计的女佣。让·佩卢埃尔看着镜子里的自己，不觉得那么面目可憎了。神父先生走到哪儿都说，虽然佩卢埃尔家的儿子在容貌上欠缺了几分，但在精神层面可是佼佼者。每天晚上，当让·佩卢埃尔在客厅沙发上自言自语的时候，诺埃米那令人钦佩的沉默让这个男孩逐渐开始相信，正如神父先生所言，一个正经的女孩会更加看重未婚夫的精神品质。他在她面前可以说是忘乎所以，就像以前一个人独白的时候，龇牙咧嘴，手上比画着，没头没尾地引用各种诗句——而这个漂亮的女孩缩在沙发一角，在他眼里，她包容他的胡言乱语，就像那条无人的路旁的树木一样。他的心里话滔滔不绝，甚至开始跟她说起尼采，那个或许会迫使他修改道德生活准则的尼采；诺埃米用攥成球的小手帕擦了擦汗湿的双手，她看着房门，她的父母在门后窃窃私语，谢天谢地，她听不清他们在说什么：关于未来女婿的这些流言蜚语让达蒂亚伊先生坐立不安，每逢人生的转折点，他都会上当受骗，因而觉得此番如此明显的好运，势必包藏着祸患。然而，据达蒂亚伊夫人说，这些诽谤的话毫无依据，不过是卡泽纳夫家的恶意中伤而已，这也是因为让·佩卢埃尔——要么出于虔诚，要么出于害羞——一直和女人保持距离。月光下响起十一点的钟声;达蒂亚伊夫人没有假装咳嗽,也没有敲门,便径直将门打开,因为她已经不指望会撞见两个年轻人有什么让人多想的姿态了。她为自己打扰了"小情侣"而道歉;快到"宵禁"的时候了,她说。让吻了吻诺埃米的头发,随后离开,只有他的影子做伴,沿路经过一户户人家。他迈着胜利者的步伐,吵醒了有些人家的看门狗,月光也不让它们重新入睡;如此一来,即便夜已深,他也使得整座村庄吵嚷不息!奇怪的是,他却再也无法感受到做大弥撒的时候,诺埃米笔挺的裙子冲破空气时内心的激动了。他摇了摇头,试图不去想九月她将委身于自己的那个夜晚。那一夜永远也不会到来:会有战争爆发,会有人死去,大地会颤动……

诺埃米·达蒂亚伊穿着她长长的衬衣,面朝星辰念诵祷词。她赤裸的脚喜爱冰凉的瓷砖地面;她将自己甜美的胸脯献给夜的悲悯。她没有擦去这滴眼泪,而是任由它流到舌头可以够到的地方,将它饮下。椴树的簌簌摇曳和阵阵香气汇入了银河。她那些小小的、疯狂的梦再也不会在这条天路上游荡。蟋蟀在它们的洞口叫着，让她想起她的主人。一天晚上，她躺在床上，完全沉陷于炎热的夜晚，她先是低声啜泣，而后长久地呻吟，满怀怜悯地看着自己贞洁无瑕的身体，因生命而炽热，可这生命不过是一株植物一时的鲜嫩。那只蟋蟀会对这具身体做什么呢？她知道，他有权随心所欲地抚摸自己，随后是那件神秘而可怕的事，在那之后，一个孩子会诞生，一个又黑又瘦的小佩卢埃尔……那只蟋蟀将伴她一生，就在床笫之间。她啜泣不止的时候，母亲突然来了。（噢，绣边的睡衣！细细的辫子！）这个小姑娘撒了谎，说她害怕结婚，想进加尔默罗会。达蒂亚伊夫人没有反对，而是抱着她，直到她的哭泣变得断断续续。随后，她安抚她说，这些事情还是应该交给她的指引者来决定；再说了，不正是神父先生为她选择了这条婚姻之路吗？诺埃米那家庭主妇的小小灵魂，充满了柔情和虔诚，她无话可说了。她不读小说；她在父母家里干活，她服从；人们劝她说，一个男人不需要长得多好看；婚姻自然而然会产生爱情，就像桃树长出桃子那样……其实想要说服她，只需向她多说几遍这句公理就够了："没有人会拒绝佩卢埃尔家的儿子！"没有人会拒绝佩卢埃尔家的儿子；没有人会拒绝田产、农庄、羊群、银器、又高又大还熏过香的衣橱里叠放整齐的十代人留下的衣物 —— 与朗德地区最好的一切联姻。没有人会拒绝佩卢埃尔家的儿子。

四

　　大地没有颤动；没有一丝异样的天象，那个九月的周二，黎明依然温柔地照亮了世界。该叫醒沉睡了一整晚的让·佩卢埃尔了。门廊的地砖和石头门槛被埋在了一地黄杨、月桂和玉兰树叶下。屋子里所有的气味加在一起，都抵不过这一地遭人践踏的枝叶的香气。伴娘们小声交谈着，由于裙子碍事，没有坐下。"赤马"大厅里装饰着纸做的花环。餐食都是事先备好的，会从 B 地搭十点的火车，运到这里来。每条路上都可见敞篷四轮马车载着拖家带口、戴白手套的客人。男士们高高的礼帽被刷得发亮，农民们羡慕地看着他们穿的"燕尾"。

　　热罗姆先生亮出了他的策略：他打算一直待

在床上。他以此来无视亲朋好友举办的葬礼和婚礼。每逢这些庄重的人生大事，他总会吃一颗氯醛，然后拉上他的窗帘。人们回想起他妻子临终之时，他躺在家里的顶楼，鼻子贴着墙，直到确信最后一锹土盖上了棺材，火车载走了最后一位客人，才答应睁开眼。他儿子结婚当天，青涩的让·佩卢埃尔淹没在礼服中，想要父亲的祝福时，他都不愿让卡黛特把百叶窗推上去。

真是可怕的一天！让·佩卢埃尔所有的羞耻都在一瞬间回到了身上。即便婚礼队伍在一片钟声嘈杂中穿行而过，他常年狩猎锻炼出的敏锐耳朵也没有错过任何一句来自人群中的怜悯。他听见一个年轻人喃喃道："可惜了啊！"年轻的姑娘们攀在椅子上，扑哧笑着。他在火光耀眼的祭台和窃窃私语的人群之间摇晃，双手攥住了盖在跪凳上的天鹅绒布。虽然他没有看见，但能感觉到身旁一个女人神秘的身体正在微微颤抖……神父念啊，念啊。啊！要是他的讲词永不结束该有多好！然而，太阳啊，即便此时直射在古旧的砖石上，宛如五彩的纸屑，也会逐渐开始西斜——随后，充满默示的夜晚将开启它的统治。

炎热让食物变了味儿；有一只龙虾闻起来有点发臭了。炸弹冰激凌甜品融化成了一摊黄色的奶油。苍蝇宁愿被压死，也不肯离开一块块小糕点，胖女人们因为装束笨重而深受其苦：源源不断的汗水灼烧着上衣，她们却无计可施。只有孩子们那一桌听得到欢快的叫声。从他的深渊深处，让·佩卢埃尔窥视着这些面孔：费尔南·卡泽纳夫在跟诺埃米的舅舅说什么？让像聋哑人那样，根据他们嘴唇的动作猜出了这句话："但凡有人听我的，就能避免这场灾难，可我们这种地位的人也不太好插手……"

五

阿卡雄的这座祖宅，房间里用的是假竹子做的家具。梳妆台下面的各种盥洗器具没用一点布盖着，被拍死的蚊子弄脏了壁纸。船坞的气息闻起来像是鱼、海藻与盐，透过敞开的窗户飘进来。一台发动机的轰鸣声向着航道而去，越来越远。印花布窗帘上，两个守护天使遮住了他们羞愧的脸庞。让·佩卢埃尔在内心斗争多时，先是对抗他自己的冷淡，接着是对抗一个死了一样的女人。黎明时分的一声呻吟，标志着六个小时的斗争终于结束了。让·佩卢埃尔大汗淋漓，不敢动弹——他像一条蛆，但比蛆更可恨，终于抛下了身旁的这具尸体。

她就像一位睡着了的殉道士。她的头发贴在

额头上，如临终之时，令她的面孔显得越发消瘦，像个挨了打的孩子。她的双手交叠在她天真无邪的胸脯上，紧紧握住有些褪色的圣衣和一串赐过福的圣牌。应当有人亲吻她的双脚，抱住她柔软的躯体，不吵醒她，就这样抱着她跑向高涨的海潮，再将她交予圣洁的泡沫。

六

　　这对新婚夫妻买的环游客票本该让他们三周
都不回来，然而婚礼后仅仅十天，他们就突然回
到了佩卢埃尔家。镇上流言四起，卡泽纳夫家没
等到周四便跑来仔细打量诺埃米的脸。可年轻的
妇人没有透露出一丝心事。达蒂亚伊家和神父出
面平息了这些流言：据他们说，比起旅馆和车站
的嘈杂，小情侣还是更喜欢家里宁静的氛围。诺
埃米打扮得很隆重，大弥撒结束后，她一边微笑
一边与人握手：她满脸带笑，应该是幸福的吧。
她坚持每天去做弥撒，倒是令人惊讶。有些女人
注意到，她在领过圣体之后很久，仍然用手捂着
她那瘦削而悲苦的脸。大家据此推测，诺埃米怀
孕了。费利茜泰姑妈有一天突然到访，偷偷摸摸

地打量年轻妇人的腰部。但是与卡黛特——主管衣物洗涤的老预言家——秘密会谈之后，疑虑便打消了。从那以后，出于战略上的考量，她觉得自己应该远离这里的是非，据她说，她是不希望因为自己在场，而好似假意赞成这场由教士们密谋的畸形的结合。她一直按捺住自己不要回来，直到那场不可避免的好戏终于初露微光。

热罗姆先生倒是很惊讶，他的儿媳照顾他，简直像遣使会的修女一般热情。她按照规定的时间给他拿来各种药，依据严格的饮食标准安排每一顿饭，温柔而不失威严地要求所有人在午休时间保持安静。让·佩卢埃尔则和以前一样，逃离父亲的家，沿迂回巷道的墙壁踽踽独行。他在一片玉米田边，躲到一棵松树后面，埋伏喜鹊。他多么希望留住每一分钟，夜晚永不降临。可阴影却已经在飞速滋生。一棵棵松树陷落于秋分时节的风，米米藏和比斯卡罗斯[1]的沙滩上，大西洋对

1　均为法国西南部滨海城市。

它们倾诉的呜咽，在此时此地又一次悄悄响起。层层叠叠的蕨草丛里，立着一个个盖着松林下低矮植物的窝棚，朗德人每年十月会在这里猎捕斑尾林鸽。黑麦面包的香气在农场周围的暮色里缭绕。日落时分，让·佩卢埃尔打中了最后几只云雀。越是靠近镇子，他的脚步就越慢。再给我一点时间吧！再给我一点时间吧，在诺埃米因为他在家而感到痛苦之前！他蹑手蹑脚地穿过门廊；她在等他，高举着灯，面带迎接的微笑向他走来，额头凑近他，掂量了一下他的猎袋，终于做了一些因丈夫回来而十分高兴的妻子该有的举动。可这样的角色她只能演几分钟，多一秒都没法再演下去了。吃饭的时候，热罗姆先生为他们破除了寂静：自从给他找了一名年轻的护理员，他就一直不停地描述自己感觉如何。如今诺埃米负责接待佃农，她有很多地产相关的事情需要和他谈谈。热罗姆先生很诧异，这个小姑娘居然是家里唯一知道该如何核对代管人账目和监督坑木[1]销售的人。

1　指矿井里用来作为支柱的木料。

儿子结婚后的这段时间，他长胖了两公斤，这也要感谢她。

晚饭过后，热罗姆先生开始打瞌睡，两脚一跷。夫妻俩无计可施，只得面面相觑。让·佩卢埃尔坐得离灯很远，大气也不敢出一口，隐没在阴影中。然而，什么都不能阻止他存在于此，也不能阻止卡黛特在十点钟的时候拿来烛台。噢，上楼回房是多么困难的一件事啊！秋天的雨在屋瓦上喃喃不止。一扇百叶窗在风里撞来撞去；一辆手推车的颠簸声渐行渐远。诺埃米跪在那张可怕的床边，低声诉说着她的祷词："拜倒在您面前，噢，我的上帝，感谢您给了我一颗能认识您并爱戴您的心……"让·佩卢埃尔躲在黑暗里，猜到了被人爱慕的那具身体正在退缩，于是尽量离她更远了一些。看不见那张脸就不觉得那么可恶了，诺埃米好几次把手伸向他的脸，却摸到了滚烫的泪水。于是，她带着满心的愧疚与怜悯，就像圆形剧场里一个虔信基督的处女向野兽扑去那般，她紧闭双目，紧咬双唇，抱紧了这个可怜的人。

七

　　外出猎斑尾林鸽给了让·佩卢埃尔借口，可
以让他在白天尽可能远离这个正被他的存在慢慢
戕害的女人。他起床没有一点声音，不会吵醒诺
埃米。而等她睁开双眼，他早已走远了：一辆小
车载着他行驶在泥泞的路上。他在一处农庄下车
卸马，然后躲到窝棚外面吹口哨，以防有一群斑
尾林鸽已经在附近了。卡黛特的孙子喊他，告诉
他可以靠近了，狩猎由此开始：漫长的薄雾和迷
梦，在羊群的铃铛声、牧人的呼唤和鸦鸣中轻轻
摇晃。到了四点，他就该结束打猎了；然而为了
尽可能迟点回家，让溜进了教堂里；他不祷告，
他只是在那一位面前"流着血"。泪水常常盈满他
的眼眶；他觉得自己仿佛枕在一对膝盖之上。随

后，让·佩卢埃尔把深灰色的斑尾林鸽扔在厨房桌上，它们的脖子还鼓胀着，里面都是橡实。他的皮鞋在炉火前冒着气；他感觉有只狗在用温热的舌头舔他的手。卡黛特用面包蘸肉汤吃；在她身后，让走进了客厅。诺埃米对他说："我不知道您已经回来了……"她又说："您不要先洗洗手吗？"于是他走进自己的房间，窗户还没关上：一盏路灯照亮了满是雨水的车辙……让·佩卢埃尔洗了洗手，可指甲没洗干净，他把手藏在桌子下面，这样一来诺埃米就看不见了。他偷瞄了她一眼：她的耳朵好白啊！她没什么胃口。他笨嘴笨舌地想要她再吃点羊腿。"我跟您说过了，我吃饱了嘛！"一个顺从的微笑，有时是噘嘴一吻，缓和了这些短暂的不耐烦。她注视着自己的丈夫，如同一个相信天命的临终之人注视着死亡。她脸上一直挂着微笑，就像人们欺骗一个即将死去的人那样。是他，他，让·佩卢埃尔，在伤害这双眼睛，使她的耳朵、嘴唇、脸颊失去血色：只要他身处这里，便是在耗干这条年轻的生命。她憔

悴如此，对他而言却更珍贵了。和她相比，还有
哪个受害者更受自己的刽子手深爱的吗？

只有热罗姆先生是精神焕发的。这个好人，
除了他自己的痛苦，对其他一切痛苦都视而不见。
身边人听他兴高采烈地说自己的状况有了极大好
转，都很是惊讶。他的哮喘暂时缓和了一些。他
无须借助任何麻药就能一觉睡到天微微发亮了。
他说，不让皮厄雄医生上门反而给他带来了好运，
医生的儿子咳血了，正在父亲家里接受治疗。热
罗姆先生因为害怕被传染，跟他的老朋友断交了。
他坚称，有他儿媳妇就行了，她比医生还更有经
验。什么都不能让她气馁：甚至是帮他如厕。她
能根据最寡淡的食谱做出美味的食物。柠檬和橙
子汁，有时是一指宽的陈年雅文邑 [1]，用来替代被
禁止的各种调味品，唤起了过去十五年里热罗姆
先生都没有过的食欲。在害羞地尝试了几次后，

1　雅文邑（Armagnac），古时法兰西王国加斯科涅行省下属的区划，
　　大致位于今法国西南部的热尔省和朗德省东部，也出产同名白兰
　　地。

诺埃米想通过高声朗读的方式来帮助改善公公的消化问题。她不觉得疲倦，也不停顿，假装没注意到热罗姆先生每每要睡着了就会发出细小而规律的呼吸。一点的钟声敲响了——又少了一小时，不用在婚房的黑暗中因厌恶而颤抖，不用一直关注身旁丑陋躯体的动静，而后者出于对她的怜悯，装作已经睡着了。时而，他的一条腿碰到了她，她醒了；随后她整个人悄悄钻到墙与床之间；轻轻一碰就会让她一哆嗦：另一个人以为她睡着了，壮着胆子爱抚了她一下。这时候轮到诺埃米装作睡着了，生怕让·佩卢埃尔会更进一步。

八

　　他们之间从未有过致使恋人分离的龃龉。他
们自知彼此伤重，不该互相伤害；轻微的顶撞也
会恶化，成为不治之症。彼此都小心翼翼，不去
触碰对方的伤口。他们的一举一动都经过细心斟
酌，以减少彼此的痛苦：诺埃米换衣服时，他会
看向别处，她洗澡的时候，他也从不进浴室。他
最近开始讲卫生了，订购了鲁宾之水，全身上下
喷了个遍，哆哆嗦嗦地用浴缸泡澡。让觉得都是
自己的错；诺埃米却恨自己无法成为上帝所要求
的那种妻子。他们从未指责过对方，连一句无声
的埋怨都没有过，却又常常用眼神乞求对方原谅。
他们决定一起做祷告：肉体上的敌人，在夜晚的
祈求里结为一体；至少他们的声音可以融合为一；

并肩又分离，他们在永恒中重聚。

一天早晨，他们并没有事先商量，却在一个病弱老人的床边相遇了，两人如饥似渴地利用这个新的联系，此后，他们每周拜访一次邻里的病人们，却又将功劳给予对方。除了这件差事以外，诺埃米总是躲着让，或者应该说，是诺埃米的身体在躲避让的身体——让则在逃避诺埃米的厌恶。她试图反抗这种身体上的排斥，却是徒劳：十一月某个愁云惨淡的日子，讨厌走路的她，强迫自己跟随让·佩卢埃尔去到荒原上，一直走到这片荒芜沼泽的边缘，那里一片寂静，如同暴风雨前夕，仿佛能听见大西洋在沙滩上一声声沉闷的撞击。泛出蓝色的龙胆草，不复在此盛开。她走在前头，如同逃跑一般，而他远远地跟在后面。让·佩卢埃尔的祖先是贝亚恩[1]的牧羊人，他们在这片荒地里自由放牧，许多个世纪之前，他们为

---

1 贝亚恩（Béarn），古时法兰西王国的行省，位于今法国西南部的比利牛斯－大西洋省，与西班牙接壤。

自己的羊群打了一口井；就在这满是淤泥的井口边，夫妻二人会合了。让想起那些患了荒原上的神秘疾病，也就是糙皮病的牧人，他们要么横陈井底被人发现，要么脑袋埋进了潟湖的淤泥中。啊！他又何尝不是，他又何尝不想，想要紧紧拥吻这片吝啬的土地，这片用自己的模样塑造了他的土地，然后在这一吻之中窒息。

九

　　神父的来访时常打断她的朗读。他嘴上叫着诺埃米：我的孩子，手里接过一杯核桃利口酒；可他似乎无法再像从前一般和热罗姆先生讨论神学，也不再用教士们的逸闻给他解闷。每个人在这位法官面前都重新戴上了面具。眼里不动声色；灵魂被人审视。神父闲聊的时候也不再怡然自得：他所说的一切似乎都指向一个未挑明的目的。他把他短小、浮肿的双腿伸向炉火，突然满怀热切地看向沉默的夫妇二人，又很快藏起了眼神。他少了点专横，少了点自以为是，过了半天也没有开口，不像他以前那样侃侃而谈，讲述他和某理性主义者的辩论，那时他常说："我回答他，而且是获胜般地回答他……"热罗姆先生言之凿凿地说，自从前任市长声称要为世俗葬礼敲响教堂的钟，还要动用属于教堂财产的灵车以来，他还没见过神父如此担心。神父希望让·佩卢埃尔能重新开始编写地方志，此前他充满热情地接下了那份工作，但已经搁置一年了。这个年轻人声称缺少一些必要的资料。老实说，他缺乏恒性，没有哪项研究是他做完了的。他在书的前几页写了几行笔记，而最后几页连裁都没裁开。他必须一边走路，才能一边自如地漫谈，这种持续的需要让他总是不在案旁。一天晚上，热罗姆先生回房后，神父又开始纠缠这个话题。让·佩卢埃尔说，如果不参考国家图书馆的某些作品，他没法继续下去：可他又不能去巴黎……"为什么不能呢，我亲爱的孩子？"神父压低了声音问道；他手上摆弄着腰带上的流苏，目光没有离开壁炉里的火。一个微弱的声音喃喃道："我不希望让离开我。"然而神父坚持说，才华得不到发挥是一种罪过。让既不能教导一个学习小组，又不能领导一个慈善团体，他不应该继续无所事事下去……这位圣人开始展开论述这个话题。那个悲伤的声音，用了很大的力气，又一次说道："如果让离开的话，我就和他一起走……"神父摇了摇头：对我们亲爱的病人来说，诺埃米已经不可或缺了。说到底，不过是短暂地分开一段时间——几个星期，几个月而已……诺埃米再也无力反对。直到神父穿上他的棉袄，套上木鞋，三个人一句话都没有说。让·佩卢埃尔披上一件披风，点了灯，为他的客人带路。

多雨的十二月和短暂的白天不再允许夫妇二人继续逃避对方——除了让·佩卢埃尔去猎山鹬的时候；即便是打猎，四点钟一到，他也得趁着暮光回家。一炉火，一盏灯，拉近了两具敌对的身体。屋外，雨声喃喃，助长睡意。一到冬天，热罗姆先生的左肩又开始痛了，他呻吟着。但是诺埃米好多了。她强迫自己每天努力一下，劝让放弃他的旅行计划；她对天起誓，要竭尽全力让他留在自己身边。她的恳求反而令这个不幸之人没法继续犹豫不决，看似要留住他，却迫使他做出了决定。他抬眼看向这个年轻的女人，眼神像一条挨打的狗："我得去，诺埃米。"她表示反对，但若他假装动摇了，她绝不会乘胜追击，也不会再坚持。再说热罗姆先生，虽然他真情实感地引用了《两只鸽子》里的诗句"离别是痛中至痛"[1]，但他暗自高兴，期待着有儿媳妇伺候的一个人的生活。最后说到神父，不管他在哪儿碰到让·佩卢埃尔，都要纠缠让一番。要对付此种合谋，这个悲伤的男孩又能做什么呢？况且，他本人心里也默许了这个放逐的裁决。除了去卢尔德朝圣[2]和在阿卡雄度蜜月，他还从来没有离开过自己的小窝。现在却要一个人冲进巴黎的喧嚣里！对他来说，这意味着沉入比大西洋更可怕的人海中，永世不复。可是，有太多的人心正在把他推向深渊。离开的日期终于定在了二月的第二周。诺埃米很

---

1 出自《拉封丹寓言》第4卷第2则。

2 卢尔德（Lourdes）是圣女贝尔纳黛特·苏比鲁（Bernadette Soubirous，1844—1879）的故乡，因其"圣母显灵"的经历而成为重要的朝圣地。

早就开始操心行李箱和衣服的事。让·佩卢埃尔还在家里，但她已经恢复了一些食欲。她的脸颊有了血色。一个下雪的午后，她做了些雪球，朝看着像是卡黛特的孙子的人扔过去，而让·佩卢埃尔站在二楼的一扇玻璃窗后面，望着他们。他清楚地见证着这生命的复苏。好似田野摆脱了寒冬，这个女人摆脱了他：他离开她，为了让她重新绽放。

让·佩卢埃尔降下脏兮兮的车窗，久久地凝视诺埃米在空中挥舞的手帕。这告别与欢乐的标志，如此飘扬！在最后这一周里，她用一种伪装的温柔迷醉了这个旅人，那温柔如此炽烈，有一晚，他以为在自己的呼吸里感受到了她的生命，于是小声喃喃道："假如我不走了呢，诺埃米？"啊！即便是在黑暗中，即便她什么也没回答，只一声抑制住的惊呼，他也猜中了那种恐惧，那种憎恶，不禁补了一句："你放心吧，我会走。"只有这一句话能证明，他没有被骗到。她转向墙那一边，他听见她哭了。

小火车穿行而过，让·佩卢埃尔眼看着一棵棵熟悉的松树相继退后；他认出了那片矮树林，他曾在那里放走一只山鹬。这条铁轨一路沿着他从前常常驾着小马车驶过的路。这座农庄坐落在轻烟薄雾里，在空荡荡的田野边，紧靠面包炉、马厩和水井，他呼唤着农庄的名字跟它打招呼，他认识农庄的主人。随后，另一列火车载他驶过他不曾狩猎过的旷野。到了朗贡，他和最后的几棵松树告了别，它们就像远送的好友，终于止住脚步，用它们递出的枝条为他祝福。

+

　　他下榻在伏尔泰河滨街上遇到的第一家旅馆。清晨，他眼看着雨滴落在自己还没敢跨过的塞纳河上，然后，到了中午，他溜达进奥尔良站的咖啡馆里，在满载着开心的旅客驶向西南的火车的隆隆声中，他打着瞌睡。吃完饭后，如果他不再消费点什么，就不敢逗留太久，于是在喝完一瓶白葡萄酒之后，他又点了两杯利口酒，而他灵敏的头脑在绝对之境游荡。他有个怪癖，说话总是断断续续，时不时惹得邻座客人和侍者发笑；但他一般都窝在转门和一根柱子之间，绝大多数情况下无人注意。他把报纸从头到尾一直读到广告页：谋杀、自杀、嫉妒和疯狂交织的惨剧，对以普世之恶为食的让·佩卢埃尔来说，所有这些都很美味。晚饭之后，他买了两苏[1]一张的票进了站台。他寻找着刻有"伊伦"[2]字样的车厢，车厢有大大的玻璃窗，第二天一早会映出单调的旷野风景。佩卢埃尔估计，这列火车在行驶途中，离他家门口的直线距离不到八十公里。他将手放在车厢外壁上，等列车发动时，这个男人仿佛眼睁睁看着自己一半的灵魂永远消失了。他回到咖啡馆里重新落座，到了乐队表演的时间，让·佩卢埃尔默默忍受着音乐全然掌控他的心，直至绝望。音乐把他毫无保留地献给了诺埃米的幻影。他在对那具身体的遐想中遨游，那熟睡以后他才敢凝视的躯体。九月的漫漫长夜里，沉眠之中，当月光倾泻在床上，这个可怜的动物学会了如何更好地认识这具身体，而不是像幸福的爱侣那样，在一种彼此相通的狂热里占有它。他拥抱的从来都只是一具尸体，但他确确实实用眼神穿透了它。我们最了解的人，也许是那个没有爱过我们的女

1　法国辅币名，20 苏为 1 法郎。

2　伊伦（Irun）位于西班牙巴斯克地区，与法国接壤。

人。而此时，诺埃米正睡在空旷、冰凉的房间里，幸福地安眠，摆脱了令人厌恶的存在，全身心地投入无人之床的欢愉。穿越层层空间，他能感受到爱人的快乐，因他不复睡在身旁的快乐。让·佩卢埃尔把头埋在手里，逐渐燃起了怒火：他要回到镇里，强行占有这个女人，享受她，哪怕她会因此死去！他要把她变成任凭自己使用的物品……而后，她对他沉默、顺从，挺着她沉重而甜蜜的胸脯，像一棵捧出果实的树。他回想起，即便在同意的时候，她也害怕得要命，没有发出一次叫声……让·佩卢埃尔付了餐费，沿着河滨街一直走到旅馆，为了避免在镜子里看见自己，他在黑暗中摸索着脱掉了衣服。

每隔三天，就会有人给他送来巧克力和一封信，他有时到晚上才拆开看。啊！对他来说，这些盼望他回家的虚情假意根本不重要！让·佩卢埃尔唯一的快乐，是想到诺埃米的手曾压着这张纸——是她短小手指的指甲在一个个单词下面划了这条线。三月底的时候，他似乎在诺埃米的呼唤中感受到了一丝诚恳："……我敢肯定，您并不相信我渴望再见到您。您并不了解您的妻子……"她还写道："我思念你。"[1] 让·佩卢埃尔把这封信揉成一团，又开始读父亲的信，是同一个邮差送来的："……你会发现诺埃米的状态变好了：她长胖了点，漂亮极了；她那么细致入微地照料我、呵护我，我都忘了要谢谢她。卡泽纳夫家的人不来了，不过我知道，他们在猜你们夫妻俩吵架了：让他们说去吧。我精神好起来了；不像现在只能坐车出门的皮厄雄家的儿子，我们都觉得他命不久矣，虽然 B 地的一个医生说，能用加水稀释过的碘酒治好他：年轻人死在老人前头……"

天气晴朗之后，让·佩卢埃尔总算敢过桥了。在金灿灿的暮色中，他看着塞纳河，用手触碰温热的栏杆，像抚摸一个活人一样摩挲着它。就在

---

1 在这句话里，诺埃米终于称丈夫为"你"（toi），而不是"您"（vous）。

这时，身后一个声音对他低语；她唤他"宝贝"；她对他说"来啊"。一张年轻的面孔，凑着他的脸，粉饰之下毫无血色。一只浮肿且没有指甲的手在摸索他的手。他拔腿就跑，一直跑到卢浮宫的拱廊下面才停下，有点喘不上气。哪怕是这样的女人，他也敢期待她们的呼唤吗？另一个不是诺埃米的女人？……他头一次想在一个共犯的脑海里找到一丝欢愉，即便说不上幸福，起码对他来说无所谓，也不反感；即便是如此卑微的幸福，在他看来依然不可想象；他猛然意识到了这极致的不幸，感到怒火复燃。啊！为何今晚不任由自己在包容而服从的怀抱里自我毁灭呢？这些播撒爱抚的女人，她们存在于这个世界上，不就是为了佩卢埃尔这样的人吗？他看着八点的天空倒映在杜伊勒里宫的水池里，微微摇曳；孩子们因他的动作聚拢了过来。他逃走了，佝偻着背，绕过广场，到了王家街上，毕竟到饭点了，他鼓起勇气走进一家著名的夜总会。

他缩在门边，面朝吧台，冠羽翘起的"小鹦

鹉们"仿佛面对着一只桃花心木的食槽，他欣喜地发现，在这里，他的外貌不会吓到女人，也不会吓到又黑又肥的侍者领班——他们是高档餐厅的下水道老鼠。这条熠熠生辉的小巷吸引了太多美洲来的野蛮人、农民，还有乡下来的公证人，让·佩卢埃尔在这里根本没什么可笑的。武夫赖[1]染红了他的双颊，他对着被桃花心木食槽吸引来的一群"小牲畜"微笑。一个肉乎乎的金发女人滑到他的座位上，跟他借火，喝了一口他的酒，低声向他许诺，五个路易[2]就可以买到快乐，随后又回到了她的枝头，期待着。虽然隔壁桌的老先生建议他等到夜总会关门的时候，"因为到那时，剩下的那些女人会给您更便宜的价格"，让·佩卢埃尔还是结了账，走到外面的人行道上，却被那个女人追上了。她叫来一辆出租车，告诉她的顾客在抹大拉教堂后面下车。旅馆连门廊都没有，

---

1 武夫赖（Vouvray），位于法国中部的安德尔－卢瓦尔省，出产甜白葡萄酒。

2 法国大革命前流通的货币名，代指金币。

楼梯直通到马路牙子上,仿佛正是为了从那里吸上来各路渣滓。

发夹掉在大理石上的声音,把让从昏沉之中唤醒了。他看见那两条胳膊与肩膀相连的地方异常硕大。粉色的缎带装点着这颤动的肉体。她称他为自己的狼,仔细地脱下了植物仿丝长筒袜。这种献身的急切,这种应允,这种毫无厌恶的臣服,让·佩卢埃尔从中感受到的痛苦,比诺埃米用全身力量对他吼出"不!"的时候更甚。这个女孩目瞪口呆,眼看他扔下一张钞票,还没来得及做出反应,他已夺门而出,像个小偷一样穿过了一条街。他在大路上的人潮中品味着这样一种死里逃生的无上幸福。香榭丽舍大道上光秃秃的栗树吸引了他。有一条长椅是空的;他坐了下来,上气不接下气,还有点咳嗽。一盏盏弧光灯让这轮弯月更显黯淡,他想象着平静的月光洒在比利牛斯山脉和大西洋之间一丛丛阴暗的树梢之上。他不再觉得痛苦,他身上的一切都是纯洁的。他陶醉于他洁白无瑕的苦难。诺埃米和让会在某个

永不消逝的夏日相爱。他预先品尝到了他们荣耀
的肉体在那时融为一体的感觉。噢，他们永生的
肉体，他们永不腐朽的躯体将在一片光明中高呼！
让·佩卢埃尔大声说道："并没有什么主人；主啊，
我们生来都是奴隶，我们将被您解放。"一名警
察走过来，观察了他片刻，耸了耸肩，走开了。

　　每天下午，让都会坐在和平咖啡馆的露台上，
坐在一条由来来往往的面孔汇成的悲河边。隐秘
的疾病、酒精、毒品，带着某种肮脏的相似性，
重新捏塑了成千上万曾是孩童的面孔。让·佩卢
埃尔喜欢上了在人群中寻找妓女，逐一点数这群
瘦弱的母狼。他跟自己玩一个游戏，揣测这位戴
着单片眼镜、耷拉着嘴唇的先生正受着哪一种恶
的驱使，奔忙追逐。让·佩卢埃尔渴望找到一张
带有统治者和主人印记的面孔，一个就够了，他
将追随这个被拣选的人；可是目之所及，只有涣
散的眼神，颤抖的双手；异乎寻常的贪欲玷污了
这些人，他们甚至不知道自己正在被人窥视。况

且，这个"主人"，即便他存在，他会永生吗？
让·佩卢埃尔坐在大路旁的桌边，手上比画来比
画去，仿佛是在村里那条路的两堵墙之间，他自
言自语地念着帕斯卡尔的话，关于世界上最美丽
的生命的终结[1]。到头来还是输！到头来还是输，
噢，尼采衰退的大脑！……他身旁的几个年轻人
互相用胳膊肘捅了捅对方。一个和他们坐在一起
的女人喊了让·佩卢埃尔一声。他打了个哆嗦，
把钱丢在桌上就跑了。他听见那个女人喊道："从
来没遇到过这么疯的……"现在他又躲进了人群
中，像只耗子一样沿着商店橱窗一路小跑，他暗
自在心里构思着一篇不容辩驳的论文，他要为它
取个标题："权力意志与神圣"[2]。有时，商店的
一面玻璃会映出他的模样，可他已经认不出自己
了。连日来，吃得不好让他越发单薄、瘦削了。
巴黎的灰尘让他的喉咙很难受。他理应戒烟，却

---

1 指涉《思想录》不伦瑞克本第 210 则：无论全剧的其余部分多么
   美好，最后一幕是流血的。

2 呼应本书第 11 页："圣人、修道会和整个普世教会都为我们树立
   了权力意志的典范。"

从来没有像现在抽得这么凶；他还一直在咯痰和咳嗽。他头晕目眩，不得不倚着路灯。他宁愿什么都不吃，也不愿忍受饭后胃里的灼烧感。某一天，人们会不会把他从小溪里打捞起来，就像捞起一只死猫？那时候，诺埃米就真正解脱了……他如此幻想着，在电影院里歇脚，相比起大银幕，萦绕不绝的音乐更吸引他。这个发烧的人，每当感觉自己快要力竭而死的时候，就会走进一家澡堂里。一块布帘遮住了光，天鹅颈一样的水龙头滴着水，人们再也感觉不到自己的身体是死是活。让·佩卢埃尔寻找的，不过是一些平凡如此的庇护所而已，很久以来，他在巴黎只知道抹大拉这一座教堂，在旅馆与和平咖啡馆之间，他唯一会路过的教堂。然而有一天，他换了条路线，遇见了圣洛克教堂，教堂里昏暗的礼拜堂从此便成了他日常的避风港。重拾故乡教堂的气息——同样的一种存在，在这巨大城市的十字路口和那不知名的小镇里。他一次都没有进过图书馆。

也许他本会如此终老一生，倘若不是一天清晨，神父的一封信把他唤回了故里。信中的用语十分急切，尽管说的都是热罗姆先生和诺埃米的好消息。让·佩卢埃尔心急如焚，上了这列快车，他先前觉得自己摆脱了它，现在却感受着它缓缓滑行，越来越快地驶向西南，这节名叫"伊伦"的车厢。

$$\pm$$

　　并非发生了什么事，促使神父先生下决心写了这封召唤之信：他是在诺埃米的一次忏悔之后如此决定的，每个周六，她都会向他忏悔一些无足轻重的过失。但她已经从自己的指引者那里得到了精神上的帮助，以抵御诱惑与不安，虽然她并未明说是何种诱惑与不安。

　　起初，她把"康复期"这种快乐的疲惫归结于让·佩卢埃尔的远行。对她来说，孤独是一种持续的欢愉；她虽疲惫，却乐于独自一人。尽管她并不会做任何的自我分析，但她依然感觉自己不一样了，虽然重新回到了少女的生活中，却自知肉体上不再是少女了。那种厌恶之感让她无视了自己身体里一个女人的诞生；而这个陌生人向她要求着一种神秘的满足。她担心在那个男人占有自己之后，她无法再回到以往的平静，要如何辨别仍在沉睡的心和半梦半醒的肉体之间的不和谐呢？她感受到了自身存在的撕裂，她当然恐惧，可肉体是忠实的，不会忘记她经受的一切。除了祈祷书，年轻的妇人什么都不看，作为一个出身良好却贫穷的姑娘，她没有亲密的伙伴，也不读任何小说，没有知心话能为她阐明心中这一隐秘的需求。就在这时，命运为她带来了一张面孔。

三月的太阳让广场上的小水坑闪闪发光。热罗姆·佩卢埃尔的午休给整栋房子施了魔法，没有一件家具嘎吱作响。诺埃米和镇上的每个女人一样，坐在一楼一扇窗的窗洞里做针线活，窗叶半开半合。需要缝补的衣物从桌上一直拖到手边。她听见一阵车轮声，看到一辆英式马车在离窗口几步远的地方停下。一个年轻人手握缰绳，四下望了望，想找人问路，可整个广场上一个人都没有。诺埃米好奇地推开窗，陌生人转过头来，表明了身份，向她询问皮厄雄医生的住处。诺埃米给他指了路，他表示感谢，用鞭子抽了一下马屁股，离开了。诺埃米重新开始缝纫，一整天都在穿针引线，思绪模糊，丝毫没有察觉到这张脸给她留下了某种烙印。第二天，同一时刻，这个陌生人又经过了，但他没有停下。不过，在佩卢埃尔家门前，他稍稍勒住了马，目光在微合的窗叶之间寻找着那个年轻女人。以防万一，他还是敬了个礼。用晚餐的时候，热罗姆先生声称从神父那里听说了，皮厄雄家的儿子身体一天不如一天，他父亲找了个专区的年轻医生，那人到处吹嘘他的疗法：他用"大剂量的"碘酒来治肺结核；病人要口服数百滴用水稀释过的碘酒。热罗姆先生很是怀疑，皮厄雄家儿子的胃能不能承受这种混合药物。那辆英式马车每天都会经过，在佩卢埃尔家门前减速，诺埃米却再也没有推开过百叶窗。年轻医生向那道阴影致意，那里有一个看不见的青春的生命在呼吸。镇上的人对这种碘酒疗法很好奇；县里的每个肺结核病人都在用这种药。人们都说皮厄雄家的儿子身体好多了。春天来得早了些；三月末的暖意复苏了整个世界。有天晚上，诺埃米都能开着窗换衣服了。她靠在窗边，喜悦又悲伤，毫无睡意。她所面对的这一夜，经由某种暗中的运作，向她"揭示了"印象中这个男人的脸。她头一次有意止住了思绪：既然这个陌生人每天都向她致意，甚至都没看见她，明天开窗向他回礼，是不是更有礼貌一些呢？决定了要这么做之后，她感受到一份如此温柔的情感，以至于久久无法上床入睡。那些特征在她心中逐一显现：那个年轻的陌生人抬起帽子的一瞬间，她瞥见的黑色鬈发；短短的髭须下厚厚的红唇；休闲套装上一支钢笔的笔夹闪着光；没有领带，一件软趴趴的柞蚕丝衬衫敞着领口。

诺埃米全然是出于直觉，但面对良心的考验，她还是快速警觉了起来。第一次警醒是在祈祷的时候，她发现每一篇祷告都需要重新念一遍：在上帝和她之间，有一个褐色的身影微笑着。她在睡梦中被这个念头缠绕，醒来的时候，梦还未散，她首先想到的竟是她又要见到他了。那天早上，做弥撒的时候，诺埃米的手就没有从脸上拿下来过。到了午休时间，英式马车在佩卢埃尔家门前慢下来，一楼的窗叶全都紧闭着。

就在那时，身处巴黎的流放之人收到了令他意外的信，诺埃米在信里写道："我思念你……"与此同时，她在漆黑的房间里，等着马车经过，然后才打开一点点百叶窗，开始做活计。一天下午，她对自己重复说着，小心翼翼也是一种罪过。"我被冲昏头了。"她想。只此一次，她要在窗前探身，回应陌生人的致意。她自以为听见了车轮的声音，手已经犹犹豫豫地放在了插销上，然而两周以来头一次，马车没有经过。

到了热罗姆先生服用缬草的时间了，诺埃米上楼到他的房间里，忍不住跟他说，今天那个新医生没去皮厄雄家。热罗姆先生早就知道了：前一晚，皮厄雄家的儿子病情又恶化了，没法再服用碘酒了。据神父说，他吐了整整一盆血。对肺病患者来说，春天是一个危险的季节。人们说，皮厄雄医生跟他的这位同行说了不少狠话，也许他以后再也不敢在镇上露面。诺埃米接待了一个佃农，帮卡黛特叠好了洗过的衣物。六点，她去做礼拜；随后，跟往常一样去她父母家里坐了坐。不过晚餐之后，她推说自己头疼，回了房间。

她的生活更加活跃了；她的小鸡崽孵化了。她身穿节日的盛装，开始了一年一度的拜访，就像镇上的贵妇们那样，一本正经地你来我往。最后，她开始逐一拜访各家佃户。她很喜欢在林间蓊郁的道路上驾着小马车，路被运货的车轧出一道道辙印。卡黛特的孙子在这个年轻妇人身旁驾着马车。金雀花将一丛丛干枯的蕨类点染成黄色。橡树上，枯叶簌簌颤抖，还在抵抗来自南方的暖风。一片潟湖恰如一面精准的圆镜，倒映着松树伸长的树干、树冠、蓝天。数不胜数的树身上开着新鲜的伤口，汩汩流着"血"，灼热，从中散发出的香气笼罩着那个白天。布谷鸟的啼叫令人想起了过往的春天。路面坑坑洼洼，卡黛特的孙子颠得撞上了诺埃米，两个人像孩子一样笑了。第二天，年轻女人抱怨说自己腰酸背痛，委托代管人帮她拜访剩下的佃户。除了做弥撒的时候，人们再也没有见过她，直到让·佩卢埃尔回来的那个早晨。

±
二

她在车站等他:她薄如蝉翼的纱裙在阳光下盛放。她戴着针织手套,裸露的脖子上挂着一枚圣牌,上面画着两个恋人和一只山羊搏斗。一些小孩子在铁轨上走来走去。小火车鸣了很久的笛才出现。诺埃米希望自己是开心的。让·佩卢埃尔的离开让他的种种特征在她记忆里变得柔和了,她像是重新创造了她的丈夫,为了让他变得不再那么让人厌恶,心中只留下一个隐隐经过修饰的形象。她太渴望爱他,以至于她以为自己迫不及待地要拥吻这个不真实的让·佩卢埃尔。即便她甜蜜、绽放的身体周围曾飘浮过欲念,非她所愿地爱抚过别的脸庞,但上帝知道,她一次都不曾认同过任何一个令人不安的念头。相反,她毫不怀疑自己应得此种恩典，相比起她如释重负地送走的那一个，会看见一个截然不同的丈夫从火车上下来。

在一节二等车厢的踏板上，让·佩卢埃尔出现了。不，不，他不一样了。他消瘦的手极为勉强地拎着一个行李箱，卡黛特的孙子轻巧地从他手里接了过来。他有点趔趄，倒在诺米埃怀里。"你病了，可怜的让！"他也没有认出这个女人，多亏了他的离开——她光彩焕发、花容盛放，比先前在神父的会客厅里更甚，美艳的雌虫，面对着发育不良的雄虫。在这对夫妇周围，人们窃窃私语。让·佩卢埃尔因为卖报人、车站长和邮递员在场而感到羞耻。"早知道我就给你叫辆车来。为什么不写信告诉我你病了呢？"诺埃米铺好床，接着给让·佩卢埃尔洗了脸和手，在床头柜上铺了一块白色桌布，将杂志放在上面，她一直攒着没有翻开过。让如同被人呵护的可怜小孩，用他不安分的小眼睛观察着她。热罗姆先生不想找皮厄雄医生：家里除了他还有另一个人生病，让这位亲爱的先生气急败坏。他的儿子刚躺下，他便也去睡下了，声称自己哪儿哪儿都疼，满口粗话地拒绝了卡黛特的照顾。诺埃米到房里看他，并不是要询问他的身体状况，而是想让他同意找医生上门看病。他果断拒绝了：皮厄雄根本离不开他那被病菌感染的儿子的病床。若她坚持要找个小医学生来看病，她可以喊那个"用碘酒的年轻人"！诺埃米转过头，说她不信任那个男人。可整个县里的肺结核病人不都是他在治吗？热罗姆先生用傲慢的语气打断了她，大声喊道他已经把话说完了，要他们别再烦他了。跟那些最糟糕的日子里一样，他面朝墙睡下了，断断续续地发出骇人的叹气声，还有"啊！上帝啊！上帝啊！"的声音——以往在寂静的夜里，正是这些每每把让吵醒。

诺埃米回到房间里的时候，女佣正铺开一张折叠床。让·佩卢埃尔枕在长枕中间，除了他那双啮齿动物一般晶亮的眼睛、红红的脸颊和尖尖的鼻子，几乎看不到人了。他断断续续地说，自己睡在大床上觉得冷，更想睡小床，在医生诊断之前就跟诺埃米同床还是太草率了一点。她本想表示反对，装出失望的样子。但她无言以对，吻了吻让·佩卢埃尔汗湿的额头；而他转过头去，无法承受这一吻可怕的重量。白天就这样平静而悲伤地过去了。他躺在自己无言的国度里，打了个盹儿，直到听见一只小汤匙和茶托的一声磕碰，这才醒了过来。虽然他病得还没那么重，诺埃米还是扶着他让他喝水，他一口一口地慢慢喝着，为了多感受一会儿这温热的臂膀贴着他的脖子。到傍晚了；教堂里的钟叮当作响。他们听见卡黛特的孙子在院子里套马车。"吁！""驾！"热罗姆先生把门微微打开了一点，他赤脚趿拉着拖鞋，身上穿了一件被药水弄得脏兮兮的睡袍。他为自己刚才发脾气感到不好意思，于是来赔礼道歉，他装出一副忧心忡忡的模样，声称自己等不了了：听他命令，要卡黛特的孙子去把那个年轻的"碘酒医生"找来。让·佩卢埃尔不同意；他只是觉得有些累，休息几天就好了；医生会不理解，这有什么好急着打扰他的……

诺埃米坐在阴影中，一言不发，听着车轮声逐渐远去，没有一丝颤抖，没有一声啜泣，她哭了。一阵骤雨拍打着窗玻璃，催促夜晚提前到来，夫妻俩谁都没说要点灯。卡黛特终于提着灯来了，将餐具放在让的床边。吃饭的时候，诺埃米问他的历史研究完成了没有；他摇了摇头，她也不再多问。马车又一次驶进院子。让·佩卢埃尔说："医生来了。"诺埃米站起身来，距离灯很远。她仿佛在聆听一场暴风雨，听一个声音在轰隆中靠近，楼梯上响起了阵阵脚步声。卡黛特将门打开，他走进门来。他比诺埃米记忆中的要更胖一些，在佩卢埃尔的家乡，人们管这样的人叫美男子。浓密的毛发，石榴般红润的面色，他那安达卢西亚驴一样细长的眼睛，已经在不知廉耻地盯着诺埃米的眼睛，慢条斯理地打量着她的身体线条。他也曾想着她，他也是！她不敢离开那片阴影，轻轻颤抖着。与此同时，他开始给病人做检查："您介意解开衬衫吗？一块手帕就行了，夫人……数数，三十一，三十二，三十三……"灯光照亮了锁骨、肩胛骨、肋骨——可怜得让人难过……不，佩卢埃尔先生的状况没什么好担心的，但需要持续观察"他的肺尖"。他开了点补药和二甲胂酸盐注射剂。他时不时看看诺埃米。难道他不会觉得，她是故意让他进家门的吗？实在是太奇怪了，大晚上的，让一个医生坐六公里的马车，只是来给一个虚弱的家伙听诊而已！他没有离开，而是用他浓重的口音为自己辩解，说他从来没说过能用碘酒疗法治愈一例像皮厄雄家的儿子那么严重的肺结核病。他拖沓的嗓音，乡下人的嗓音，让房间里充斥着一种雄性、浑沉的声响。诺埃米能感觉到，从那双藏红花色的眼皮下流露出的目光正窥视着自己；可他眼里的她，不过是一个沉默的影子。他最后说道，这种病还是要预防一下，佩卢埃尔先生就像一块现成的杆菌滋生地："要我说，就是一块肺结核之地。已故的佩卢埃尔夫人也是得肺结核去世的，对吗？"这个医学术语很不适合这张年轻的嘴，这张嘴不是为了传播科学而生的，而是为了亲吻而生。他觉得有必要好好关注病人。说完这些以后，他请求他们允许自己再来复诊。由于诺埃米一直保持沉默，他便站起身，直接问道，佩卢埃尔先生是否希望他再次来访呢——哪怕只是来给他打针而已。"你怎么想，诺埃米？"她没答话，让以为她是没有听见，于是重复了一遍："诺埃米，该不该请先生来复诊呢？"她终于开口了："完全没有必要。"她拒绝的语气甚至令让·佩卢埃尔担心，她会不会惹恼医生，便反对道："只有医生能做决定。"这个健硕的男子一点也不尴尬，保证他会随叫随到。诺埃米拿起了灯，给他带路。她下楼很快，感觉到热烘烘的鼻息喷在自己的颈后。马车在门口等着。年轻人上了车，甚至不曾博得她的一瞥。卡黛特的孙子弹了一下舌头。一盏灯照亮了马屁股。晚风吹灭了年轻女人手里高举的灯，她就这样立在夜里，在死一般沉寂的房屋门口，聆听着渐不可闻的马车声。她睡不着。让·佩卢埃尔在铁床上辗转反侧，嘴里说着胡话。诺埃米起床给他盖好被子，她把手放在他额头上，没有吵醒他，仿佛在抚摸自己永远不会出生的孩子。

十三

　　第三天开始，让·佩卢埃尔恢复了自己以往的习惯。父亲午睡的时候，他蹑手蹑脚地出门，观察喜鹊，在教堂停留之后，尽可能延迟回到住所的时间。诺埃米已然失去之前的光彩。让·佩卢埃尔打量着这双悲伤的眼睛周围的黑眼圈，而这双眼睛只是用一种谦卑的温柔注视着他。他曾暗自希望，只要自己远离婚床一段时间，就足以让诺埃米习惯待在他身旁。可妻子在绝望中对抗着身体里的厌恶，这种对抗让她筋疲力尽。有好多次，她在夜里呼唤让·佩卢埃尔，让他来自己身边，但他都装作睡着了，她只好从床上起来，给他一吻——如同往昔圣人之唇给麻风病人的吻。没有人知道，他们是否因为感受到这些真福者的呼吸拂过他们的溃疡而快乐。可让·佩卢埃尔呢，他竟从这一吻中挣脱出来，反倒满怀惊恐地吼道："别碰我。"

花园高墙上，幽暗的丁香杂乱不已。暮色里尽是山梅花的气味。逐渐黯淡的光线之中，金龟子在嗡鸣。圣母马利亚月¹的晚上，唱完连祷文之后，神父说："现在需要大家一起来祈祷，为了各位年轻人通过考验，为了各位姑娘的婚姻，为了一位一家之主的改宗，为了一个命悬一线的年轻人的健康……"所有人都知道，他指的是皮厄雄家病危的儿子。六月的百合花开了。令诺埃米惊讶的是，让出门散步的时候不带猎枪了；他说是因为喜鹊对他太过熟悉，那些狡猾的家伙根本不让人靠近。她担心他走路太多，因为他不像过去那样，每次回来之后都精神焕发——现在反而会变得颓丧而苍白。他说是天气炎热让他脸色苍白。

1　天主教传统中，以圣母之名代指五月。

一天晚上，诺埃米听见他反复咳嗽。她轻声唤他：
"你睡了吗，让？"他让她放心，自己只是嗓子有
点不舒服，没什么事；可她能感觉到他在努力忍
住，咳嗽却由不得他，还是爆发了出来。她点燃
一根蜡烛，发现他浑身是汗。她看着他，心急如焚。
他双目紧闭，好似在留意身体里某种神秘的运作。
他对妻子微微一笑，如此温柔而平静的一笑打乱
了诺埃米的心。他低声说："我渴了。"

第二天一早，他没发烧了；他的体温甚至有
点太低了。诺埃米安心了一些；她本想让他饭后
别再出门，但没能留住他。对于诺埃米的坚持，
让似乎很不高兴，他看着自己的表，像是担心要
迟到了一样。热罗姆先生打趣说："她以为你要去
约会呢！"他什么也没回答；他急匆匆的步伐在
门厅里回响。暴风雨让天空变得晦暗。鸟群的寂
静好似封印了叶丛。诺埃米一整天都坐在一楼窗
户的窗洞里，心惊胆战。四点的时候，教堂的钟
声轻轻敲响，年轻的妇人在胸口画了个十字，有

人垂危了。她听见广场上的一个声音说:"这是给皮厄雄家的儿子敲的。今早他差一点就过世了。"大颗的雨滴凿陷了灰尘,带走了其中暴风雨之夜的气息。她的公公还在睡觉,诺埃米进了厨房,想跟卡黛特聊聊罗贝尔·皮厄雄的事。可老妇人聋得根本没听见丧钟声。她说从"让先森"[1]那儿应该能知道些消息。诺埃米很是诧异,卡黛特叹了口气,流下了眼泪:确实如她所料,"女主人"根本不知道,不然她早就阻止"可怜的先森"了,那么虚弱,还每天下午都和皮厄雄家的儿子待在一起;已经这样一个多月了!他不允许他的老卡黛特跟任何人透露一点风声。诺埃米装作毫不惊讶的样子。她出了门;已经不下雨了,一阵裹挟着尘埃的风推翻了低沉的云。

她往医生家走去,死亡已然将此处所有的窗叶紧紧关闭。让·佩卢埃尔出现在门口:虽然天色晦暗,他还是眯起了被日光迷眩的眼睛,没有

---

[1] 加斯科涅地区的方言,后同。

发现自己的妻子。他面如死灰，超然世外，凭直觉走进了教堂。诺埃米远远地跟在他后面。教堂中殿里潮湿的清凉攫住了她——这种地下的寒凉，新开的墓穴的寒凉，勒紧了活生生的躯体，在这座被时间一点点压陷，甚至需要走下台阶才能入内的教堂里。前一晚，这种咳嗽的声音吵醒了诺埃米，此刻她又一次听见了，然而这次是在穹顶之间无限回响。

十四

让·佩卢埃尔要把他的床搬到一楼正对花园的房间里。他喘不上气的时候，大家就把他的铁床推到阳台上，他看着风时而收缩时而放大叶片与叶片间的一线蓝天。他们弄来了一台雪糕机，因为他几乎什么也吞不下了，除了凉的鲜奶，要不就是一点点有味道的冰激凌。他父亲来看他，对他笑笑，但是站得很远。说不定让更想在卧房的黑暗里隐藏自己的痛苦，但他还是选择在花园里慢慢死去，这样诺埃米就能少接触传染源。吗啡注射剂让他整天昏昏沉沉。休息！在皮厄雄家的儿子床边度过了那些可怕的下午之后，终于可以休息了。皮厄雄家的儿子曾绝望地嘶吼，因为他就要与这一切诀别了：波尔多的新婚之夜，在郊区小酒馆里围着一台机械管风琴起舞，骑自行车郊游，尘土贴着毛茸茸的、细瘦的大腿，人们筋疲力尽，还有那些女孩的爱抚。卡泽纳夫家的人到处散播谣言，说热罗姆先生吝啬得很，不让他儿子享受更温和的天气的疗效，以及高海拔地区的疗养。可是，且不说让根本不是一个愿意死在家门外的人，皮厄雄医生坚称，要治疗肺结核病，什么都比不上朗德地区的森林：他甚至在病房里铺满新鲜的松枝，就像为了庆祝圣体瞻礼一样，还在床周围摆了一圈盛满树脂的盆和罐子。他穷尽毕生所学仍然无策，于是找来了他年轻的同仁，后者也只是附议，让·佩卢埃尔的身体受不住"大剂量的"碘酒了。虽然诺埃米略带冷漠地接待了这个帅气的小伙子，但她还是注意到，在她的注视下，还有两个人的手碰到一起的时候，他会变得苍白。每次相遇，她都再次体味到这种确信，确信这个世界上的一切都不及这个卧榻之人——她的丈夫。但也有可能，在她心底至暗之处，她感觉到这个年轻的男人已被牢牢逮住，而她之所以这么冷静，只是因为确信某天可以把他钓上岸，鲜活、抖动……让·佩卢埃尔不允许诺埃米亲吻他，但他接受了她把凉凉的手放在自己的额头上。他现在是否相信她爱他呢？他相信了，自言自语道："永远赞美您，我的上帝，在我死之前，赐予我一个女人的爱……"就跟他之前独自散步的时候一样，他反复思量着同一句诗，那一天，当他觉得自己没力气握住念珠了，诺埃米托着他的手腕数脉搏的时候，他嘴里一遍遍喃喃着波利娜的叫喊："我的波利厄克特时之将尽"[1]，而后微微一笑。他并不是自比殉道者。人们谈起他时总说："这是个可怜人。"他也从来没有怀疑过这一点。回望灰暗的生命之水，他一直处于自我轻蔑之中。一潭死水！但在这片沉睡的水底，有一股秘密的活水涌动着，他如亡灵一般活过，现在如重生一般死去。

　　一天晚上，神父和皮厄雄医生都还留在门廊

1　出自高乃依的剧作《波利厄克特》（*Polyeucte*）第4幕第5场。

里，诺埃米加入他们，质问他们为什么保持沉默：为什么不告诉她，让每天都待在一个肺结核患者的床边？医生低下了头，借故推说自己不清楚让的身体状况。他怎么会感到诧异呢，对于这样无量的慈悲心肠，对于自己也奉行如是的这种献身精神，更何况受益的还是他的儿子？神父激愤地为自己辩护：是让·佩卢埃尔要求他们什么都别说的；他身为一名指引者，对于他的教众，理应坚持谨言慎行，一丝不苟。"可是神父先生，明明是您促成了这次致命的巴黎之行啊。""……就我一个人吗，诺埃米？"她倚在墙上，手指把仿大理石石膏上的一条划痕抠得更宽了一些。卧房里传来咳嗽的声音。卡黛特的拖鞋在地上拖行。神父接着说道："我可是祈祷完才这么做的，诺埃米。必须尊崇上帝的旨意。"他穿上了他的教士外套。但在无人之处，他却被相反的情感左右，他在无眠的长夜里为让·佩卢埃尔哭泣；他徒劳地对自己说，病人已经立下了对诺埃米有利的遗嘱，而且热罗姆先生打算在可怜的让死后，把整栋房子和尽可能多的财产都留给这个年轻的妇人——条件是她不得再婚。尽管神父生性审慎，却又喜欢干预别人的命运，他审问着自己的心。这段婚姻是幸福的，对此他从未怀疑过——*et sub specie æterni*[1]，这段婚姻的成功难道不值得赞颂吗？他又从中获得了什么呢？他是个好教士，只关心他的教众。神父每次自我审视，最终都会赦免自己，但他从不厌烦开庭重审。他害怕自己失去辨别公正与不公的能力，他震惊自己竟然会犹豫，无法评估自身行为的价值。他自觉羞惭，不再摆出一副权威的姿态：主持每日弥撒的时候，也不再抖开他的长袍下摆，不戴那顶有别于同仁的三角帽了。他所有褊狭小气的行为，都一个接一个地从身上消失了。虽然他不是教区神父，主教府还是授予了他将披肩穿在白色法衣上的权利——接到这条新消息的时候，他并没有很开心。他这个灵魂的守卫者，怎么可以纠缠于这些琐事呢？于他

---

1 拉丁文，意为"而从永恒之相看来"。由斯宾诺莎发展而来的宗教、哲学概念，指无时间性、无历时性的普遍真实。

而言，此时此刻，再没有比从这场闹剧中脱身更重要的事了：他是上帝顺从的工具吗，还是说，这个可怜的乡下神父，用自己取缔了那永恒的存在？

与此同时，在每晚上冻的路上，都有一辆马车载着年轻的医生。月光穿过棵棵松树紧紧交织的树梢，从连成一片的枝杈间泻落。这些圆而黑的树冠悬于天际，好似一群飞过的鸟儿停在半空。好几次，在马车前面几百米的地方，野猪们矮墩墩的影子从路的一边穿到另一边。松树错落开来，散布在一片紧贴地面的云层周围，那里藏着一片草场。小路拐弯了，马车驶入溪流冰凉的气息里。这个年轻的男人，身着山羊皮，在薄雾与烟斗的气味里孤身一人，全然不知松树之上还有星辰。他不抬头，鼻子朝下，就像一只狗嗅着地面那样。他要么想着等一会儿在厨房的炉火前烤火，要么想着往汤里倒点酒，再不然就是想着唾手可得却又不曾触碰的诺埃米。"可是，"这个猎人自言自语，"我打中她了，她已经受伤了……"当一个雌性猎物逃无可逃，求他饶命的时候，他的直觉会告诉他的。他听见了这具年轻身体的叫喊。他占有过多少女人啊，禁忌的，嫁为人妇的，而且嫁的还不是佩卢埃尔那样的破烂！她已经中枪了，比其他女人更不堪一击，难道只有她是不可接近的吗？倘若她的丈夫一直苟延残喘，她估计会一直守贞；然而在她的丈夫病重之前，又是什么制约着这只几近被他迷惑的山鹑呢？又是何种更加强烈的吸引力把她留在黑暗中，让她远离灯下呢？另有一段私情吗？他根本不相信她是个虔诚的信徒；年轻的医生自以为十分了解这类女人：之前他因为追求一个女信徒，已经跟神父有过较量。那个女信徒只是跟他玩了玩，犯了点小错，在炽烈的火光周围徘徊，灼伤了一只脚，到最后一刻还是从指缝间溜走了，仿佛被一根看不见的线拉回了忏悔室里。他列好了种种计划，就等着让·佩卢埃尔"翘辫子"。他自言自语："我会搞定她的。"他笑了，怀着朗德人打猎埋伏时的耐心。

那段日子里，镇上虔诚的居民每逢中午去教堂，自以为孤身一人，却听见祭坛上传来一声叹息，个个吓得直发抖：在几乎每个空闲的时刻，神父都在这片阴影中度过，面对着他的审判者。只有在那里他才能体会到安宁，并非晦暗如被水淹没的乡下教堂里的寂静带来了这种安宁，这是尘世间的一切都无法给予的安宁。神父觉得让变了很多，从过去那个孱弱的小家伙，那个在盛大节日前夕几乎无法擦拭灯架上的水晶，几乎无法收集女人用来做花环的长长苔藓的让·佩卢埃尔——从那个喜鹊杀手，到现在这个为了拯救许多人而献出自己生命的垂死之人，其间改变了太多。

十五

对呼吸困难的让·佩卢埃尔来说，夏天已经柔和了不少。九月，时常造访的暴风雨催红了片片树叶。卡黛特的孙子给病人带来了第一批采获的，还带着森林气息的牛肝菌，用一大清早捉到的圃鹀逗让开心：他在黑暗中把它们养胖，泡在一瓶陈年的雅文邑里，再拿给"让先森"吃。一队队野鸽飞过，预示着今年的冬天要提前了：很快，人们就要开始用诱鸟笛来捕斑尾林鸽。让·佩卢埃尔一直很喜欢秋末的到来，喜欢收割后的黍田，只有斑尾林鸽、羊群和风知晓的棕黄色荒野与他的心暗暗契合。人们在黎明时分帮他打开窗，他闻到了十月暮色里那些悲伤的狩猎归途的气味。可人们不让他安安静静地上路：诺埃米不懂得该给垂危之人一些安宁；过去她没能掩藏对他的厌恶，现如今，她的自责同样没能饶过他。她用眼泪润湿了他的手，不知餍足地乞求原谅。他怎么说都没用："是我选择了你，诺埃米……只有我不关心你……"她摇头，完全不明白他在说什么，只知道让是因为她死的：他是高尚而伟大的！她多么希望他能痊愈啊！她贪恋的此种温柔，会还他千倍百倍。诺埃米如何才能意识到，她会抛弃一个勉强康复了的让·佩卢埃尔，而只有他濒临生命的最后时刻，才能为她所爱？这是一个太过年轻、无知而充满肉欲的女人，她对自己的心一无所知。这颗欲念之心实则毫无心计、顺从上帝。她表现得很笨拙，想要垂死之人说出那句话，好让她摆脱愧疚之感。一番斗争之后，他丧失了斗志，不想和她单独待在一起；他本会常常和她独处（因为热罗姆先生已经被各种密谋的疾病缠身而卧床不起），要不是这位年轻的医生敬业如此！让·佩卢埃尔对这个陌生人奇怪的忠诚感到很惊讶。尽管无力维持一段对话，但至少他很高兴有这个陌生人在场。

九月末的一个下午，他从久久的昏睡中醒来，发现诺埃米坐在窗边的扶手椅里，头呈后仰的姿势睡着了，他聆听她平静如孩子般的呼吸，重新闭上了眼睛。听到门被打开的声音，他又睁开了眼：医生慢悠悠地走进来；让连一句招呼都害怕说，装作睡着了。年轻人的猎靴嘎吱作响。随后再无动静了，安静得令让·佩卢埃尔忍不住想睁眼看看。这个陌生的友人站在沉睡的年轻女人旁边。一开始他没有靠向她，不知不觉间，他俯身过去，毛茸茸的有力手掌颤抖着……让·佩卢埃尔闭上了眼睛，听见诺埃米低声叫了一句："啊！不好意思，医生；我睡着了，是吧……我们的病人今天状态有点消沉……天气太糟糕了！您瞧：叶子一动也不动……"医生回答说外面正刮着西南风。诺埃米说："西班牙的风总是带来一场暴风雨……"暴风雨，正可形容这个脸色苍白且欲念涌动的青年，他的眼睛好似天空一般"风雨欲来"。

诺埃米站起身，朝病人走去，让这张铁床处于她和那个用目光扫遍自己全身的男人之间。他支支吾吾道："您应当保重身体，夫人，这样也是为了他好。""噢！我嘛，我什么都能承受；我像头牛一样能吃能睡……怎么会有人死于心痛呢？"他们彼此之间坐得很远。让·佩卢埃尔看起来还在沉睡，他嘴唇没动，抑扬顿挫地对自己念着："我的佩卢埃尔时之将尽……"

深秋好似要将他留在怀中，留在它重重的薄纱和眼泪的气息里，他觉得呼吸顺畅了一些，也能吃点东西了：不过，这却是他此生最痛苦的一段日子。在死亡的边缘，却还活着，即便他现在不怀疑诺埃米——可走入幽冥后，他还能用什么来抵挡这个英俊的年轻人呢？死者可悲的影子无法分隔两个注定相爱的人。他的苦恼丝毫没有流露出来；他握了握医生的手，对他微笑了一下。啊！他多么渴望活下去，战胜他，被偏爱啊！究竟是何种幽暗的疯狂激起了他寻死的欲望？哪怕没有诺埃米，哪怕没有女人，大口大口地呼吸空气也多么舒畅啊，晨风的爱抚胜过一切爱抚……他汗流浃背，对于身上疾病的气味感到恶心，他看着卡黛特的孙子，从敞开的窗里把这一季的第一只山鹬递给他……噢，那些狩猎的清晨！受祝福的松树，带着灰暗的树梢高耸入蓝天，好似即将沐浴荣光的谦卑之人！在森林最繁茂之处，草场、桤木和薄雾汇成一条绿色的川流，一路标志着被岩石映成赭色的活水的走向。让·佩卢埃尔的松树组成了庞大军队的前线，在大西洋和比利牛斯山脉之间流淌着它们的血液；它们统治了索泰尔讷地区和被烈日灼烧的山谷，阳光实实在在，存在于每一粒种子和每一串果穗之中……随着时间流逝，让·佩卢埃尔越来越不为自己的心感到忧虑了，因为所有的丑陋与美丽，都会随着衰老逝去；而他至少还能拥有这些，打猎的收益，新鲜采获的蘑菇。曾经的夏日在滴金[1]的酒瓶里燃烧，

---

[1] 滴金（Yquem），位于法国西南部吉伦特省索泰尔讷的酒庄，出产甜白贵腐酒。

往年的日落染红了一瓶瓶金玫瑰[1]。人们在厨房的炉火前阅读，多雨的荒原包围着他们……与此同时，诺埃米对医生说："明天您没必要来了……"他回答道："要的！当然要！我会来的……"诺埃米明不明白？她怎么可能不明白呢？他表明心意了吗？让·佩卢埃尔会不会等不到他卧榻之侧的这一场角力结束就去世了呢？简直就像有人知道这个可怜的孩子离世之际还不够受罪似的，又连忙织造了种种要让他用登天之力才能砸碎的羁绊。然而，所有羁绊都一个接一个地断裂了，到他最近一次病情复发的时候：他的热情在他面前渐次熄灭，这一天终于到来了，他给予每个人同样的微笑，同样的、毫无二致的感激。他不再念叨诗句，而是重复说着这句话："是我。别害怕……"

晚冬的雨紧紧裹挟着阴暗的卧房。为什么要关心让·佩卢埃尔是否痛苦呢？他的苦难明明是

1　金玫瑰（Gruaud-Larose），位于法国西南部吉伦特省圣于连－贝什韦勒的酒庄，出产红葡萄酒。

一种快乐。生命对他而言，只有鸡鸣、马车的颠簸、钟声、屋瓦上无休止的流水，以及入夜之后猛禽的啜泣和被屠杀的牲畜的惨嚎。他此生最后的黎明抚拍着窗户。卡黛特点燃壁炉，树脂味的烟充满了房间。酷热的暑日里，家乡的荒原时常将这种松树焚烧的气息喷吐在他脸上，让·佩卢埃尔用他奄奄一息的身体吸纳了它。达蒂亚伊家的人声称，他还能听见人说话，只是看不见了。热罗姆先生身着溅满药渍的睡袍站在门边，拿一块手帕捂着嘴。他是在哭。卡黛特和她的孙子跪在阴影里。神父嘴里念着赎罪的经文，他的声音好似在推开一扇扇隐形的门："离开这尘世吧，基督徒的灵魂，以全能的圣父之名，他创造了你；以圣子耶稣基督之名，他曾为你受苦；以圣灵之名，他降临在你身上；以天使和天使长之名；以座天使和主天使之名；以权天使和能天使之名……"[1]诺埃米深情地注视着让，嘴里自言自语："他曾是俊美的……"镇上的人听到他临终之际的丧钟，却当成了那天早上的三钟。

1　病人傅油圣事的祷词。

十六

　　热罗姆先生上床睡下了。让·佩卢埃尔时常用来打量自己可怜模样的那些镜子，现在都已用布盖上。人们把他打扮得像是要去做大弥撒似的：卡黛特甚至给他戴了一顶毡帽，在他手里放了一本祈祷书。厨房里如节日一般忙乱，餐厅里要招待四十多个人。佃户们在灵车旁哭天喊地，像是旧时的哭丧妇。这是神父第一次主持大型葬礼。每位来客都收到了一副手套和用纸包起来的一个苏。举行葬礼的时候下雨了，但有一角晴空一直持续到人们从墓地回来。让·佩卢埃尔在地下等着死者的复活之日，干燥的沙子，吸干一具具尸体再将它们裹藏；诺埃米·佩卢埃尔要把自己藏在黑纱里三年。从字面意义上说，她隆重的丧仪使她隐形了。她只在做弥撒的时候出门，穿过广场之前都要先确保附近没有人。哪怕天开始变热了，她也会穿一个带花边的白领子，紧紧箍着她的脖子。有些人指指点点，让她不得不放弃一条黑色的裙子，只因它太丝滑、太亮眼了。差不多也是那时候，传言说那个年轻的医生改信教了：有人在周中看见他做弥撒。他会在出诊的间隙在那儿现身。对于这样一件令教士欣慰的事情，如果有人问神父是什么看法，他那没有嘴唇、好似缝在一起的嘴便会微微一笑，却不置一词。也许他失去了他的权威和劝说的力量，因为他没能让热罗姆先生从遗嘱里划掉那条要求诺埃米永不再嫁的条款。当他觉得诺埃米服丧过严，想让她放松一点的时候，他也失败了。热罗姆先生很是得意，自己属于一个寡妇永不脱下丧服的家庭，达蒂亚伊家也很乐意让诺埃米就这么自我埋葬下去。这也是为什么在冬天的清晨，教堂里一片阴暗之时，年轻的医生看不见陷没在黑云中的寡妇，一如她自己无法透过封死的、膝盖之下的石板看见她丈夫一般。有时他勉强得以一瞥，那张脸庞闪耀着青春的光彩，即便她在领圣体的早晨禁食斋戒，还过着足不出户的生活。周年弥撒过后的第二天，全镇的人都明白了，诺埃米·佩卢埃尔是不会摘下她的面纱的，年轻医生的基督徒情感终于动摇了。他不仅不再去教堂，连病人都不看了。老皮厄雄听说这位年轻的同行喜欢喝酒，甚至半夜都爬起来去喝酒。热罗姆先生的身体从来没有这么好过，他的儿媳妇也有了不少闲暇时间；她负责照管各处田产，但松树几乎也不怎么需要看管。她对宗教的虔诚坚定而端正，只是为时短暂，而且很少是从阅读中得来的。她几乎不会静坐冥想，主要还是依赖现成的教条。众所周知，树脂产区的人几乎没有穷的，人们每周一次赶着一群咩咩叫的圣母马利亚的孩子[1]绕一架管风琴转，这也花不了什么时间，其他时候诺埃米还能做什么呢？还不是像朗德妇女那样，把适度地操心每天

---

[1] 圣母马利亚的孩子（enfant de Marie），代指贞洁的少女。

吃什么当成一种自娱自乐。服丧的第三年，诺埃米开始发胖了，皮厄雄医生不得不嘱咐她每天散步一个小时。

天气刚开始变热的一个下午，她一路走到了名叫塔特于姆的农庄附近，实在是累得不行了，就随便在路边的草坡上坐下。在她周围，蜜蜂在金雀花丛里嗡嗡叫个不停，牛虻、虻蝇从草堆里钻出来，叮咬她的脚踝。诺埃米自知健壮，但她的心还是跳个不停，像被压住了一样。她什么也没有想，只想着这条满是尘土的路，路两旁的松树最近被砍倒了，整条路都暴露在天空的热焰之下，她回程也是这条路，还要再走三公里。她觉得这些数不胜数的松树仿佛带着红色的、黏糊糊的刀伤，它们和沙土、灼热的荒原将永远囚禁自己。在这个未受教育且智力平平的女人心中，有一种冲突模糊地苏醒了，正是这种冲突在过去撕裂了让·佩卢埃尔：难道不是这片灰烬之地，这般终日隐居，迫使一个快要渴死的可怜人高昂起头，整个人伸向永恒的清凉吗？她用一块绣着黑边的手帕擦了擦汗湿的手，只看见她满是尘土的皮鞋，还有壕沟里新生的蕨草像手指一样缓缓张开。而后，她还是抬起眼睛，脸上拂过一阵黑麦面包的香气，那是农庄的呼吸，她突然间站了起来，浑身颤抖：她认出了停在屋前的马车。多少次啊，她曾透过微合的窗叶注视着那闪闪发光的车轴，眼里满含爱意，胜过看见多少星辰！她抖了抖全是沙土的裙子；马车颠簸；一只松鸦尖叫而过；诺埃米被裹挟在一团虻蝇中，一动不动地盯着那扇即将被一个年轻男人打开的门。她张大了嘴，如鲠在喉，她等啊，等啊——像一头谦卑、温驯的牲畜。农庄的门微微打开，她的目光在黑影里探寻，一个身影在移动；一个熟悉的声音操着方言在开大剂量碘酒的处方……他出现了：阳光照亮了他猎衣上的每一颗纽扣。佃农牵着马笼头，他说现在是最容易失火的季节：一切都还很干燥，树林里一点绿色都没有，荒原也没有淹水……年轻人拿起了缰绳。诺埃米为什么后退呢？

有一股力量在制止她冲向这个正朝自己前进的人，把她向后拉。她躲进了比她还高的草棚子里；荆棘划伤了她的手。有一瞬间她停住了，听着马车驶过她视野之外的那条路。

也许吧，就这样逃跑，她在想，镇上的人不会轻易同意她放弃可敬寡妇的地位，而热罗姆先生的遗嘱条款，也会一直阻止达蒂亚伊家族的人接受达蒂亚伊夫人口中"离谱的婚姻"。纵然阻碍重重，诺埃米的本能难道无法将它们一扫而空吗？——只是有另一条高于本能的戒律在扼着她的喉咙。她人虽小，却被迫要伟大；她身是奴隶，却必须掌权统治。这个微胖的平民女子无法不超越自己：所有的路都对她关闭，除了隐世这一选择。从这一刻开始，在蚊蝇缭绕的松林里，她意识到，自己对于死者的忠诚将成为她微小的荣耀，而她别无选择，只能臣服于这种命运。诺埃米就这样一路小跑着穿过杂草丛，直到筋疲力尽，皮鞋里沉甸甸的都是沙子，她不得不紧紧抱住一棵干瘦的橡树，树上片片棕黄的枯叶，依然在炽热

的风中簌簌战栗——那是一棵好似让·佩卢埃尔
的黑色橡树。

拉莫特[1]，韦马尔，1921 年 7 月
若阿内[2]，圣桑福里安，同年 9 月

1　拉莫特城堡（Château de La Motte）位于巴黎以北 28 公里处，是莫里亚克生前长期居住的寓所，现为韦马尔镇政府所在地，内设有博物馆。

2　若阿内别墅（Chalet de Johannet）于 1894 年完工，是莫里亚克的家族房产，以其祖父的名字命名，也是《黑天使》等多部小说的故事发生地原型。

终章 1

1 终章写于《给麻风病人的吻》成书十年后，是莫里亚克此后一系列"回退"的开端。大约在 1932 年到 1937 年间，他将自己的写作引回此前已经写过的人物、情境与主题上，进行了细化、深化与延伸。

小菲约叫道：

"佩卢埃尔夫人，那不是去索尔的路，是去乌尔蒂纳的……"

诺埃米上气不接下气，加入了救济院的"白色贝雷帽"队伍。她的皮鞋里全是沙子；一圈圈汗渍弄脏了她的紫色丝绸衬衫。她怎么会在这片森林里迷路呢？以前她大半夜都能自己找到路的呀。并不是她忘记了，而是森林本身消失了。战后，松树商人们不停地开发这片土地；光秃秃的荒原一直延伸到曾经耸立着百年松树的地方。在诺埃米还是孩子的时候，这条小溪看起来很难沿着溪边走，它在森林最茂密之处开辟了一条道路，穿过丛丛灌木和桤木，而今它像一具赤身裸体的尸体，在战场的正中央微微抖动，被伐倒的树干仍血流不止。

小姑娘们嘲笑着她沮丧的样子，已经跑到大路上了——这条通向乌尔蒂纳的路，长久以来被两排阴郁的松树军队挟持，如今在落日之下，暴露出它一道道不再积水的陈旧车辙。

尽管已经很疲惫，诺埃米还是加快了步伐。她怕父母会担心；随着九月将尽，夜晚很早就降临了。可她很乐意在这个时候走过小镇，人们纷纷从家门口进屋了，围在各家的饭桌旁。她不喜欢对人展示她的牺牲精神。她很讨厌听自己一直重复说：

"您可以舒舒服服待在家里呢！要是您有这个好心……大家都会感激您的……"

啊！而且她还可以躲开拉吕夫人，那个长着鹡鸰鼻子的服饰用品商，总是抓住一切机会，用一种知晓一切的语气跟她悄悄说：

"我说的都是我知道的，诺埃米夫人，您可真是一位圣人啊……"

一位圣人！是啊，对于一个讨厌走路又对小孩没耐心的女人来说，在她这个年纪，还像她这么胖的话，是很难每个周日下午都来照顾这些小姑娘的。然而医生一直跟她说：

"佩卢埃尔夫人，您要是不锻炼，会变得臃肿的。您的心脏已经负担太多油脂了。"

如果不是想减肥，诺埃米会有勇气走这些艰苦的路吗？更不用说还有一件她几乎不敢承认的事：她一边靠近镇子，一边想象着她的公公热罗姆先生生气的样子。一整个下午远离病人，和想象这个孤独的下午会让病人一直愠怒，后者也许更让她开心。

"我今天回去晚了，他得是个什么状况呢！"

不管怎样，她还是迈开了步子：生气是很危险的，不能让热罗姆先生脑袋充血……诺埃米像一匹被苍蝇纠缠的老牝马那样甩了甩头。但她试图驱散的那个念头，像锲而不舍的苍蝇，又回来了，压在她心上；不被允许的念头，留在心底，轻轻撩拨它，如此甜蜜……又怎么样呢？只是想象一下老佩卢埃尔去世，又不是真的要他死……

"我不想让他死，我只是觉得很有意思，想象一下哪天他不在了，我的生活会有什么改变……再也不用大声朗读了。再也没有痰盂和脸盆要倒了。还有热烘烘的法兰绒，给他擦身子……"

她的生活里再也不会有这些了。成为一切的主人。显然，财产没有以前那么多了。好日子总有结束的一天。情况会越来越糟。最后一滴树脂……多么悲惨！也许，他把砍下的松树赚的钱都用在投资上了……可那些证券现在还值多少钱呢？不重要！留给诺埃米的也够了。现在旅游还便宜呢。她要离开这个洞穴，她向自己保证。只要她还没有特别老……她的公公还要活很久吗？动脉硬化。尤其是心脏跳得慢了。医生对他说："要是个工人的话，得了您这样的病，活不过六个月。可是您，只要什么都不做，还有好多年可活呢。主要是不能抬任何东西，哪怕是您的盆也不行……"

上帝知道，他打定了主意，什么都不做……

"噢，我的上帝！我在想什么呢！我可不想让他死！但我想！我渴望。并不是因为我恨他！是因为这个吗，恨？"

她的血液奔涌得更快了；她蜷缩、沉溺在邪恶的想法里：现在再弃恶从善已经没必要了；恶已至此。

小路转角处出现了一栋栋低矮的房屋，上空飘来阵阵做晚餐的炊烟。灯的倒影照亮了门前的百日菊。村庄闻起来是热面包和焚烧后的树林的味道。一辆马车超过了她们：

"哎哟，诺埃米夫人，还是那么尽职尽责吗？"

她把孩子们揽到路边。一到镇上，救济院的孩子就散开了。等到最后一个小姑娘跑进巷子里消失之后，诺埃米穿过了广场。

客厅的玻璃窗后有一束光亮着。卡黛特在门口等诺埃米，白色的围裙绷在她的肚子上。她一看到诺埃米，便连忙回屋让她的主人放心。

"哎呀！夫人，真让人担心死了！"

诺埃米不慌不忙地摘下帽子。这个铺瓷砖的大门廊真冷啊！她裹上一条披肩，走进了小客厅里。热罗姆先生坐在壁炉旁，对她吼道：

"您疯了吗？我六点就该喝药了！"

"卡黛特没有给您吗？"

"她找不到药瓶在哪儿……她又不识字……"

这还不算！他心里很不安，现在觉得胸闷气短，自从上次发病以来，他还没有过这种感觉。

他摘下了圆帽，他的动作惹得诺埃米心烦，她从那个坑坑洼洼的脑袋上移开目光。但她没法不看那一对瘦削、并拢的膝盖，还有那条皱巴巴的裤子，简直像盖在一副骨架上。她起身又去穿了一条裙子，洗了洗手。穿过厨房的时候，她问卡黛特，今天早上的红烩野味还有剩的没有。

"您把它热一下。"

"可是夫人，您也知道，热罗姆先生晚上是不能吃肉的，尤其是带酱汁的……"

"对啊，不会让他吃的。"

"可是夫人您知道的，他不希望夫人在他面前吃那个……他忍不住。"

诺埃米气得满脸通红，硬要卡黛特热一下红烩野味。

"不管怎样，我可不会让自己饿死。"

她留下了目瞪口呆的卡黛特，回到自己的房间里。放大后的让·佩卢埃尔的照片挂在两扇窗户之间，她换下束腰的时候，他似乎在看着她。她觉得很累，与此同时又自觉充满了一股不同寻常的力量。等她再回到公公身边时，他还坐在原处，壁炉的左边。他有点呼吸困难。诺埃米照顾了他这么多年，一下子就发现他是在故意夸张。她装作没有注意到，老人开始越喘越凶。她重新拿起她的针线，织了几针，突然停下：

"啊！我的天哪！我是疯了吗？今天是星期日呀……"

她在《巴黎回声》里找着填字游戏。热罗姆先生越喘越厉害，诺埃米却好似越来越听不见了。老人咳嗽了一声。

"他装得挺起劲。"诺埃米心想。

她高声说道：

"横排第二个：'在我们的海岸¹上，白色或灰色……'这能是什么呢，父亲？'盐'吗，有可能？不，不对！"

"我说不出话了，您发现了吧……"

"没有啊，您的脸色特别好！啊！我知道了，是'鼻'。白鼻角，灰鼻角²……"

热罗姆先生结结巴巴地说：

"脸色好？脸色好？您疯了吧，我的女儿！我也不怪您，总是看到我难受，您也就无所谓了。人们总是能适应别人的苦难。您根本想不到，今天下午，一点点情绪波动就能置我于死地。是的，您晚一点回来就能杀死我！您听见了吗，诺埃米：杀死我。"

她的报纸滑到了肚子上，她突然说道：

"然后呢？总会有那一天的。早一点，晚一点……为着我们在世间的所作所为，您和我……"

---

1 在法语中，海岸（côté）一词也有侧面的意思。
2 两座位于法国东北部海岸线上的海角。

热罗姆先生只能一遍遍重复着：

"好啊！我的女儿！好啊！"

他不再假装喘不上气了：诺埃米竟敢把这件恐怖且难以想象的事、他每分每刻都在对抗的事，也就是他的死亡，当作一件无足轻重的事。她已经习惯了这个想法，说不定正在不为人知的角落撩拨着这个念头，他的继承人，至今没有再婚就是为了这个……等到那一天，她一定喜出望外……也不可能剥夺她的继承权，他承诺过……但是他可以提高特定遗赠的金额：拿出两万法郎，而不是之前的一万，都捐去做弥撒。他还可以把留给救济院的钱加倍……突然，他站起身，鼻子闻来闻去，把他那尖尖的、紧绷的病号鼻子转向门口。

"可是，诺埃米啊，我闻到了红烩野味的味道……"

毫无疑问：浓烈而饱满的气味充满了整个房间。

"走了这么远的路，"诺埃米说道，"我觉得自己值得吃一顿好的。"

"但您总不会是想，我猜，在我吃着豌豆羹的时候，吃……"

"听着，父亲，我可没在节食。"

"但您明明知道，如果您吃的话，我也会吃的……吃野味！还要加酱汁！晚上吃肉对我来说是致命的；更别说红烩野味了！而且我那么爱吃这道菜，"他补充道，声音像是要哭了一样，"我忍不住的。"

"您只要把您的豌豆羹拿到这里来就好了。"

"可是有味道。还不是一样……"

他静脉凸显的鼻孔一阵阵抽动着。但诺埃米已经在想象自己满满当当的盘子了。她之所以每天晚上遵从热罗姆先生的食谱，只是怕发胖罢了。只此一次，不成惯例。

她来到餐厅，身后跟着她的公公。卡黛特在壁炉前弯着腰，把火拨旺。她将火炭放进小暖炉里，再把暖炉推到热罗姆先生的椅子下面。墙上的织物（是她从乐蓬马歇百货公司的商品目录上选购的）从一八八五年一直挂到今天，上面绣着弗拉芒地区的一场主保瞻礼，收蓄了吊灯的光芒。红烩野味还未进入视野，它的香味已经大举入侵。这两只训练有素的朗德人的鼻子都闻到了月桂和丁香的气味。两只狗围着桌子打转。

它终于出现了。诺埃米把头凑近冒着热气、香喷喷的菜肴。卡黛特盯着她：

"夫人，那是一块脊背肉。"

"太可怕了！……"热罗姆先生呻吟道。

诺埃米越发放纵了。她命令卡黛特：

"开一瓶莱奥维尔[1]。柜子里还剩一瓶……放在火边上。"

"喝酒？您真是疯了，我的女儿。"

"我需要恢复力气。"

热罗姆先生吃着他那绿色的羹，眼睛一刻也没有离开诺埃米的盘子。他的手在颤抖。

"好啊，既然如此……您可要承担责任。上红

1　莱奥维尔（Léoville），位于法国西南部的滨海夏朗德省，出产同
　　名红葡萄酒。

烩野味，卡黛特！"

"您已经够胖的了，父亲……"

"这可不会对先生的身体有害。"卡黛特说道，她对自己的厨艺充满敬意，对食物充满信心。

病人自己盛了菜，他很惊讶，居然可以自由地给自己下毒。

"既然这样，"他用一个被惯坏了的孩子的语气说，"我要喝酒。"

"随您的便！"诺埃米答道。

他犹豫了一下，神情严肃，哆嗦着手喝了一口。

"我可警告您，女儿，医生会怪您的。您可真是个滑稽的病人看护！"

"医生？他才不在乎呢！您以为他在意您的健康吗？"

"他当然关心他的病人了。比皮厄雄医生过去还要关心……啊！我就知道您受不了他。"

诺埃米放下酒杯，看向虚空。医生，那个又蠢又胖的男人，坐在病人的床边不走了，她讨厌他，单纯因为他是"医生"而已。他拥有和以前用碘酒治疗肺结核病人的那个医生一样的头衔，让·佩卢埃尔的医生……那个人已经离开了这片土地，他成了个酒鬼……她知道那是因为悲伤……在波尔多，他碰上了麻烦事：通融证明[1]的问题……要不是她拒绝了他，他可能还在这里。也许会是他坐在这张扶手椅里，正对着她的椅子。孩子们会在门廊里玩耍……

"诺埃米，我脸红了吗？……我只喝了半杯而已，感觉头要炸了。"

"您根本就不该喝。"

"这是您的错，我的女儿。我睡前要泡一个芥子泥足浴。但是，现在呢，我还得先等消化完。我不得不晚睡……我做了件疯狂的事。是您诱惑我的。"

是女人诱惑了他，这个脸比他还要红的胖女人。

他们回到了客厅里。热罗姆先生十点钟才泡上他的足浴。

"没有别的事可做的话，我打算去躺下，不玩双陆棋了。给我念书吧。"

"蒙田吗？"

他做了个否定的手势。她松了口气。

"不，读小说吧……《吕西安·勒万》[1]。"

诺埃米装作没听到的样子。逼她高声朗读她看不懂的作品，没有什么比这样的专制行径更可气的了。更何况，她已经习惯了蒙田。况且那本书不会让她觉得难堪，哪怕她什么也看不懂……她生气是因为，像《吕西安·勒万》这种愚蠢的爱情故事，她也不怎么能看明白。她的公公训练她严格遵守句读规则，哪怕她听不懂让她读的东西，也不会造成任何不便。老人有这样一种怪癖，他只能接受单一、没有情绪的语调，就像在神职人员社团和修道院的食堂里读书时用的那种。他

---

1 《吕西安·勒万》(*Lucien Leuwen*)，司汤达于1834年创作的小说，并未完稿，在他死后于1894年出版。

发现了，一旦诺埃米开始跟随故事线，她的吐字发音就开始自由探索，这也正是他讨厌的。他巴不得她只是个工具而已。

　　……已经是午夜了；晚餐在一个用绿篱作墙的漂亮会场里准备好了……为了不让晚餐沾上夜晚的露水，但凡有的话，这些绿植墙上会撑一顶红白宽条纹的帐篷……此处，彼处，透过树叶的缝隙，可以看见一轮明月照耀着这片广阔而宁静的景色。这片自然之景令人心旷神怡，与试图抓住德沙斯特勒夫人的心的新感情不谋而合……

　　热罗姆先生的指节咔咔作响。他上半身凑向炭火，像是在躲避这次阅读。然而只要诺埃米一喘过气来，他就对她喊道："继续。"他时不时半站起身，照一照窗间墙上的镜子，摸摸自己的脸。他的儿媳用一种平铺直叙的声音读到吕西安向德沙斯特勒夫人说这些话：

146

　　我对生活毫无经验，我从未爱过；近看
您的眼睛让我心慌意乱；迄今为止，我只远
远地看过您……

　　"够了！"这时，热罗姆先生吼道，"到这儿
就够了！"

　　"人们会以为我在故意折磨您呢，"诺埃米一
边把书放在小圆桌上，一边回嘴道，"仿佛不是您
自己选的这些不通常理的故事一样……明明有别
的那么多有趣的故事！"

　　他用他小小的圆眼睛盯着她，眼里满是怨毒，
甚至不稀得回应她，他问她，第十次问她，觉不
觉得他的脸发红。她好声好气地回答说，他看起
来像是有点充血。他接着追问，带着一种过分关
切的样子：她觉得他消化完了吗？她说她确信这
一点，如此一来，她就可以摆脱他的足浴，回去
睡觉了。

　　"那好，去准备一下……快点！我的太阳穴
在跳。"

她盯着他看。他确实双颊充血。肿胀的蓝色血管在他的鼻孔和颧骨上纵横交错。她裹紧了身上的披肩，提起一盏灯。走在冰凉的楼梯上，她屈服于一种激烈得近乎仇恨的恼怒。她走进浴室，突然之间，在药柜前，她似乎犹豫了一下。她打开一扇柜门，看见在各种药瓶中间，有一包芥末。她犹豫了一会儿，关上柜子，没拿本来要拿的东西。她回到客厅里，刚走到门口，就跟她的公公说，家里没有芥末了。

"没有芥末了！"

他把明显变得紫红的脸转向她。

"您认真找了吗？赶快派卡黛特去达尔凯家的药房。"

"可今天是周末，父亲。药房关门。"

"好吧，那您自己去吧。赶紧去找达尔凯。"

诺埃米摇摇头：他明知道达尔凯家自从买了一辆五匹马的马车后，每个周末都会去朗贡……他们住在女儿家里，要到周一早上才回来。热罗姆先生开始抱怨他们愚蠢的旅行。现在的人在家里都待不住了。突然，他将怒火转向儿媳：是她的错，她应该确保他手头始终有必需的药物。她明明担负着一项责任，却似乎完全没有这个意识。不，她没有这个意识：她先是微笑，接着甚至开始嘲笑他，说是恐惧让他的脸上充血。她还从来没用这种语气跟他说过话。他很生气，想努力战胜自己的恐惧，嘴里信誓旦旦地说，自己什么都不想要，只求一死，她则一边摇头一边说："噢！这个嘛……"他用干巴巴的语气命令她，像对待一个用人那样：

"我要睡觉了，去把我的药丸准备好。"

现在，只剩她一个人在房间里，在热罗姆先生的房间上方。让·佩卢埃尔从相框里看着她换衣服。她什么也听不见，除了听见老鼠窜来窜去，又突然没了声音。忽然，传来一声响动……似乎是一声咕噜，就像某个快窒息的人又喘气了：一声嘶哑的喘息……

"不会的，"诺埃米自言自语道，"他有时候也打鼾的。他在打鼾……"

可她高兴得直发抖。一种可怕而难以抗拒的希望侵占了她。也许是几秒，也许是一刻钟，她一动不动，石化了一般，她生命的全部力量都屈服于这种焦急的喜悦，这种等待。她好似听见了一声嗝，然后再无动静，除了门廊里时钟来回摆动和她耳朵里血液涌动的声音。

她像一个刚醒过来的人一样，把手蒙在眼睛上。多么安静啊！她提起灯，但是等了一会儿，没敢下楼。等到了公公的房间门口，她还在犹豫，极力想听见一声呼吸。她终于打开了门。火光照亮了地板。她朝床走过去，闭上了眼，又睁开……他睡得很安稳，头朝着墙。枕头的两个角在他的脑袋上碰在一起。诺埃米深深地呼出一口气；她用一种母爱般的动作，将鸭绒被平铺在老人的脚上，给他掖好被子，摆好了壁炉里的木柴，随后蹑手蹑脚地走了出去。

SPRING 野
更具体地生长

主　　编｜苏　骏

策划编辑｜苏　骏

特约编辑｜苏　骏　夏明浩

营销总监｜张　延

营销编辑｜狄洋意　许芸茹　韩彤彤

版权联络｜rights@chihpub.com.cn

品牌合作｜zy@chihpub.com.cn

野 SPRING
望 MOUN
TAIN

出品方 春山望野（北京）
文化传媒有限公司

Room 216, 2nd Floor, Building 1, Yard 31,
Guangqu Road, Chaoyang, Beijing, China